IL FAUT SE MÉFIER DES HOMMES NUS

DU MÊME AUTEUR

Un mot sur Irène, roman, Julliard, 2015

ANNE AKRICH

IL FAUT SE MÉFIER DES HOMMES NUS

roman

Julliard

Ouvrage publié sous la direction de Betty Mialet

L'auteur tient à remercier la fondation Jean-Luc Lagardère
de lui avoir décerné la Bourse Écrivain 2015.

ISBN 978-2-260-02945-8

À Kim

Générique

Avec

Tahiti	Dans le rôle du paradis perdu
Cheyenne	La scénariste
Kaya	La sœur jumelle
Saul	L'agent
Manua'rii	La mère
Joseph	Le père
Taaroa	L'oncle
Moana	Le premier amour
Myth	La drogue
Winston	Le cyclone

Et Marlon Brando dans son propre rôle

Au commencement…

Si Dieu ne s'était pas mis en tête de planter ce foutu jardin en Éden, on n'en serait pas là. Adam et Ève expulsés du paradis, remerciés poliment, « retourne à la poussière, sale vaurien », « enfante dans la douleur, chienne », etc. Si, au milieu de ce jardin, Il n'avait pas fait pousser l'arbre de la connaissance, la femme n'aurait pas croqué dans le fruit et ne l'aurait pas tendu à l'homme. Tout le monde serait resté nu. On aurait continué à cultiver sagement la terre et à dompter les fleuves. Il aurait sans doute mieux valu qu'Il ne prélevât aucune côte et qu'Il ne façonnât aucune femme, que dans son barbecue improvisé Il ne fît point griller le vice. Il aurait quand même pu ne pas préférer ses pommes à ses enfants. Si seulement Il ne les avait pas chassés du jardin comme de vulgaires malfrats et si ces deux canailles n'avaient pas décidé de lancer leur vendetta… Si l'homme-poussière et la femme-côtelette n'avaient pas entrepris de se venger en lançant la rumeur de l'Éden, leurs descendants n'auraient pas eu cette idée fixe. Retrouver le jardin ! Ils n'auraient pas construit de beaux bateaux pour partir à sa recherche. Ils n'auraient donc jamais trouvé Tahiti, ni ne l'auraient baptisée ainsi : Paradis perdu. S'il n'avait pas été perdu, personne n'aurait songé à le retrouver.

Pas même Marlon Brando.

I

Un dernier tango à Paris ?

1.

— Entrez !

Je suis devant la porte du bureau de Saul, où pend une pancarte minimaliste, ambiance détective privé, film noir : « Saul Rosenberg, agent ».

Un nom impossible à oublier. Un peu trop beau pour être vrai. Je me suis longtemps demandé si ce n'était pas un pseudonyme.

Bonjour, Saul Rosenberg, agent artistique.

A commencé par faire carrière au bureau du livre français à New York, a poursuivi comme éditeur chez HarperCollins, a vécu quinze ans au croisement de la 79e Rue et d'*Amsterdam Avenue*, a pris son café chaque matin chez *Zabar's* entouré de vieux Juifs, avant de revenir, vieux Juif *himself* à Paris pour diriger une maison d'édition sur le déclin. Ça n'a pas duré longtemps. Il a pris ses cliques et ses claques et fondé une agence littéraire. Il a récupéré tous les auteurs les plus importants. Il a aussi creusé son sillon dans le milieu du cinéma. Il est devenu l'agent le plus important de Paris.

Mais, depuis, rien ne se passe exactement comme il le souhaiterait. Il est paranoïaque. Il pense être entouré d'ennemis. Qu'il sera remplacé par untel ou untel. Il craint les femmes. Il déteste les hommes. Il abhorre les éditeurs. Il se méfie des réalisateurs. Les producteurs lui donnent des sueurs froides. Il est respecté. Il est sur un siège éjectable. Il dit tout et son contraire.

Impossible de démêler le vrai du faux quand on parle de Mister Saul Rosenberg.

Franco-Américain obsédé par deux choses : le grand roman américain et sa judéité. Untel est antisémite. Untel n'aime pas les Juifs. Untel est antisioniste. Untel est révisionniste. Untel écrit de l'autofiction. Untel pourrait faire un petit effort d'imagination.

Saul affectionne le regard de ceux qui le détestent. Il s'en repaît. Combien de fois ai-je entendu : C'est parce que je suis juif qu'ils me haïssent, qu'un Juif leur prenne leur place, ils ne le supportent pas. J'ai beau tenter d'objecter qu'un tel argument n'est pas recevable, que la plupart de ses détracteurs sont aussi juifs que lui et moi, il ne m'écoute pas et finit par un définitif : Et qui peut détester plus les Juifs qu'un Juif ?

— Cheyenne ! Je vous entends respirer derrière la porte, entrez nom de Dieu ! Bravo, vous me faites jurer, j'avais pourtant promis à mon rabbin d'arrêter… Allez, on n'a pas la journée !

Comment se fait-il que j'aie si peur d'entrer ?

Le message qu'il m'a envoyé dans la nuit était pourtant aussi rassurant qu'un chapelet de merguez avariées.

Prochaine sortie : Tahiti. Rendez-vous demain neuf heures. Plan Vigipirate, évitez le métro. Ne comptez pas sur les croissants.

De quoi me donner une insomnie boréale.

Je crains que Saul n'ait perdu patience et qu'il ne veuille me renvoyer fissa sur mon île natale.

Je le comprendrais. Depuis que je suis arrivée à Paris, il y a huit ou neuf ans, j'ai écrit une dizaine de scénarios, mais j'honore laborieusement les contrats qu'il me décroche, je navigue sans cap, je me lamente beaucoup. Saul dit que je me suis transformée en usurière hypocondriaque, dépensant mes avances en analyses sanguines, hybridation perverse de Shylock et de Woody Allen. En somme, je ne suis pas à la hauteur du contrat moral que j'ai passé avec Saul à New York, un jour pluvieux de novembre où il m'a arrachée à la vie que je menais pour me faire « aller au-devant de moi-même ».

J'y vivais depuis mes quatorze ans avec ma sœur jumelle. Nous y exercions le beau métier de mannequin. Nous avions été repérées à Tahiti par une grande agence qui nous avait pris un billet pour les États-Unis et nous avait placées dans le grand appartement du Lower East Side réservé aux mannequins de moins de seize ans. On y a vécu six ans de débauche et gagné le surnom de « jumelles maléfiques ». Mais on travaillait. Il a même été question que nous devenions des anges pour la marque Victoria's Secret. Une consécration. Mais la sœur en a eu assez. Elle a décidé de retourner à Tahiti. Moi, je suis restée encore un peu. J'ai dû apprendre à vivre sans ma jumelle. J'ai arrêté de manger. On a cru à une crise d'anorexie. Elle est mannequin, or tous les mannequins sont anorexiques donc elle va bien. Et de syllogismes en syllogismes, j'ai été engagée comme conseillère pour une série HBO sur le mannequinat. Et à l'*American Booksellers Association*, j'ai croisé Saul, un agent cinq étoiles, à qui j'ai raconté la vie que je menais, qui a décelé en moi un petit talent de conteuse, a surtout vu que je ne tournais pas rond, a décidé de me prendre sous son aile, me ramener à Paris et faire de moi *The* scénariste du moment.

Autant dire que, ce jour-là, il fut bien inspiré…

— Je ne vais pas vous manger, vous n'êtes pas plus appétissante qu'un couscous sans gluten, allez, ne vous faites pas prier, hurle-t-il à travers la porte.

Devant la muraille de son bureau, je cherche à comprendre les raisons de mon agressivité à son égard. Saul Rosenberg est irréprochable. Il me veut du bien. Est indifférent à mon apparence physique, n'a jamais considéré qu'un mannequin qui écrit, c'est comme un cheval qui parle. Il a la courtoisie de faire comme si de rien n'était. Saul voulait que notre vie change. Nous étions partenaires. Nous allions leur montrer de quoi nous étions capables. Nous allions les « entuber » !

Mais le seul à s'être fait entuber à ce jour, c'est lui. Et par moi. Scénarios bâclés, minimum syndical, films décevants.

Ma mauvaise humeur a commencé à s'exprimer quand il a fallu trouver un responsable à cet échec.

Facile. Ce quelqu'un, ce serait Saul.

Il me témoigne trop de sympathie et de confiance. On dit souvent d'une personne qu'elle a une haute idée d'elle-même. Eh bien, dans mon cas, c'est exactement l'inverse. Je me considère comme une merde. Et ça ne suffit pas. Je veux que tout le monde le sache et si quelqu'un s'avise de me renvoyer une image différente, aimable, agréable, lumineuse, je le lui fais payer. Si seulement Saul n'était pas aussi gentil avec moi, je n'aurais pas besoin de lui en vouloir. La brebis galeuse voudrait que le berger l'achève. Saul me soigne et me protège. Quel sadique !

— Cheyenne ! Vous êtes une vraie emmerdeuse ! Entrez !

Pour lui, l'humanité se divise toujours en deux catégories. Cheyenne, sachez qu'il n'y a que deux sortes de personnes dans l'existence. Les créateurs et les non-créateurs. Et, parmi les créateurs, il y en a de deux sortes. Ceux qui créent et ceux qui ne créent pas. C'est bien ça le problème.

Je tape une dernière fois à la porte de son bureau, honteuse.

J'aime Saul Rosenberg et je lui fais vivre un enfer depuis des mois. S'il me renvoie à Tahiti, je ne pourrais m'en prendre qu'à moi-même.

— Cheyenne, il n'y a que deux sortes de personnes dans la vie, ceux qui, face à une porte fermée, entrent et ceux qui font demi-tour. Allez, je vous laisse une dernière chance… Poussez cette putain de porte !

Saul est très agité, il ne lève pas le nez de son bureau, me tend un livre. *Karoo*. Steve Tesich. Un beau broché en carton embossé. Sur la couverture, deux personnages sans tête se battent. Je lis : « La vérité, me semble-t-il une fois encore, a perdu le pouvoir, du moins le pouvoir qu'elle avait, de décrire la condition humaine. Maintenant ce sont les mensonges que nous racontons qui, seuls, peuvent révéler qui nous sommes. »

— Tesich, ça *ring a bell* ?

— Non, Saul, je suis navrée…

— Oscar du meilleur scénario original en 1979 pour *Breaking Away*.

— Pas vu…

— J'avais essayé de l'acheter, jadis. Mais ça n'intéressait pas les actionnaires. Un minuscule éditeur a fini par le dénicher. Un petit bijou. Et vous savez à quel point je déteste cette expression. L'histoire de Saul Karoo, un *script doctor* qui ne ressent plus les effets de l'alcool. Vous pouvez me dire pourquoi personne n'avait publié ce roman avant ?

— Je ne sais pas, Saul.

— Ils en ont déjà vendu 35 000. Et leurs bureaux ne sont même pas à Paris. Ils sont à Bègles.

— Saul, si vous voulez refaire des livres, vous devriez…

— Je suis fatigué. Tenez, juste avant vous, un type incroyable, un grand écrivain. Il est devenu complètement paranoïaque. Il est convaincu qu'un consortium de la CIA et de l'Académie française lui fait souffler de l'air dans les fesses chaque soir pour l'empêcher dc dormir.

— C'est peut-être vrai.

— Trêve de conneries ! Nous sommes là pour parler business, jeune fille. Vous allez retourner à Tahiti écrire un film sur le plus grand acteur de tous les temps. *Brando au paradis* ! C'est le nom du projet. 100 000 euros d'avance sur votre compte dès signature du contrat. Le solde de 100 000 à l'acceptation du scénario. Coproduction internationale, un géant américain aux manettes, une chance inouïe ! L'Acteur veut faire produire un biopic sur la vie de Marlon Brando.

— Quel acteur ?

— Secret professionnel. On ne peut pas encore dire son nom. Mais depuis qu'il a fait une série de films sur des pirates dans la mer des Caraïbes, il doit se racheter une crédibilité. En même temps, il est incapable de tourner ailleurs que sur une île. D'où Marlon Brando à Tahiti. *Smart,* non ?

— Pourquoi moi ?

— Pourquoi vous ? Scénariste chevronnée, originaire de l'île, docteur ès édens, vous êtes plus que légitime pour raconter cette histoire. Marlon Brando à Tahiti ! *Les Révoltés du Bounty*, etc. Ce n'est pas à vous que je vais raconter l'histoire. Je vous ai négocié un contrat en béton armé. Il leur faut quelque chose de solide pour dans six mois. Je leur ai vendu le retour de l'enfant au pays, votre connaissance des lieux et de la famille de Brando. Votre prénom, Cheyenne, ils n'en croyaient pas leurs oreilles.

— Je vous l'ai déjà dit, je ne connais pas la famille Brando.

— Pas grave, vous vous appelez Cheyenne.

— C'était un prénom à la mode quand je suis née.

— Aucune importance, pour eux, vous vous appelez comme sa fille.

— Sa fille s'est suicidée, folle.

— Vous êtes sa réincarnation !

— Cheyenne Cohen, Saul, je porte un nom ridicule.

— Il n'y en a pas de plus noble : Cohen est le nom donné à Aaron, le frère de Moïse, et à sa descendance.

— Vous ne pouvez pas me faire ça, Saul, m'expédier à Tahiti sous prétexte que j'y suis née...

— C'est une proposition qui ne se refuse pas ! Et puis Tahiti...

— Quoi ? Vous vous imaginez débarquant seul sur une grève tropicale, découvrant le berceau d'une nature grandiose, dénuée des besoins factices, des vertus chimériques... Une île envoûtante au primitivisme doux, aux mœurs accueillantes, peuplée de bons sauvages. Mais on ne trouve rien là-bas, que des rapaces rompus au soleil. Croyez-moi. Il faut se méfier des hommes nus. Je sais de quoi je parle, je fais partie de la meute.

— Vous êtes insupportable, Cheyenne, je vous le dis tout net !

— Je n'arriverai jamais à écrire ce scénario. Votre Karoo ne ressent plus les effets de l'alcool, je ne ressens plus les effets du cinéma. Ce monde me dégoûte.

— Tout vous dégoûte, ma chère amie. Le cinéma, les cinéastes, le mannequinat, les mannequins, les hommes, les femmes, les enfants, les autres…

— Moi…

— Il est temps de faire la paix avec le monde, vous n'êtes plus un bébé. Ressaisissez-vous ! Vous avez rendez-vous demain dans les bureaux du producteur, avenue Montaigne. Il vous en dira plus. Ils ne s'engageront pas tant que vous n'aurez pas pondu un synopsis. Le type s'appelle Longjumeau. Il a gagné l'appel à projet lancé par les Américains depuis Los Angeles. Il est réputé solide. Il a fait ses preuves à la télé, un sitcom pour adolescents, des unitaires pour France Télévisions et la dernière série à succès de Canal Plus. Lui aussi a besoin de s'acheter de l'honorabilité en faisant du cinéma. On dit qu'il connaît l'Acteur, qu'à l'occasion ils boivent du mescal ensemble, que ça a été son ticket d'entrée. Je compte sur vous.

— Vous avez du courage.

— Vous connaissez la tirade de Mitterrand à Attali ? « Vous voyez, Attali, il y a deux sortes de personnes dans la vie. Il y a les gens comme vous, qui se tuent au travail, dorment deux heures par nuit, sont incapables de faire autre chose que travailler. Et il y a les gens comme moi… qui font travailler les gens comme vous. » Eh bien, Cheyenne, c'est pareil entre nous. Les gens comme moi se doivent de faire travailler les gens comme vous. Je ne sais pas pour combien de temps je serai encore sur cette planète. Ils veulent tous ma peau. Avec vous, je sais que j'ai raison. Prenez cette avance. On tire un trait sur vos errements des deux dernières années. Vous partez pour Tahiti et vous revenez avec un scénario déchirant de vérité.

— La vérité ? Mais vous êtes devenu fou. Qui a envie d'entendre la vérité sur Tahiti ? sur Brando ?

— La conviction qu'auront les autres que vous mentez semblera toujours bien plus réelle et fiable que votre prétendue vérité. Lisez *Karoo* ! Et puis, il fait froid. C'est la guerre. Rentrez chez vous.

— Je ne suis pas persuadée que ce soit une bonne chose.

— *Cut the bullshit,* Cheyenne, tout ce qui n'est pas du zyklon B est bon à prendre.

— Je reconnais bien là votre optimisme.

— Vous savez ce qu'on dit, les pessimistes ont fini à Hollywood et les optimistes à Auschwitz.

MARLON BRANDO - ENFANCE

3 avril 1924 = naissance à Omaha dans le Nebraska.
2 sœurs aînées = Jocelyn et Frances.
Papa = directeur d'une société d'insecticides et de produits chimiques, pas sympa, la main

légère, bat occasionnellement sa femme et ses enfants.
Maman = Dorothy Pennebaker, alias Dodie, comédienne portée sur les arts et le théâtre, portée surtout sur la bouteille, tendance à l'abandonner pour aller boire avec ses potes, la retrouve ivre, à moitié nue dans les bras d'autres hommes que papa.
Papa et maman sont alternativement ivres, l'un puis l'autre, l'autre puis l'un, parfois les deux au même moment.
Marlon adore maman.
Marlon déteste papa.
Marlon est amoureux d'Ermi, sa nounou.
Nul à l'école.
Envoyé dans une académie militaire.
Renvoyé officiellement après avoir fait exploser une bombe devant la porte d'un de ses professeurs, officieusement pour avoir taillé une pipe à un camarade.
Dispensé du service militaire, déclaré psychonévrotique.
Papa n'en peut plus. Il menace de sortir le martinet.
Marlon va rejoindre ses sœurs à New York.
Il s'inscrit au cours dramatique de Stella Adler.

Je relis la première fiche que j'ai faite pour ce nouveau projet. C'est ma façon de procéder pendant la phase préparatoire d'écriture d'un scénario. Des petits Post-it que j'épingle autour de moi. D'abord déterrer puis faire revivre le cadavre Brando.

Mais qu'est-ce que je sais réellement de lui ?

Que je porte le nom de sa fille comme une traînée de malheur.

Je n'étais pourtant pas programmée pour.

Un père juif séfarade parti en 1968, direction Tahiti, pour cause de service militaire. Sorti de l'école des officiers, envoyé à Mururoa pour les essais nucléaires. A rencontré un général qui avait été comme lui élève au lycée Carnot de Tunis. Est retourné à Tahiti pour soigner des dents et faire la bringue. A rencontré notre mère. A continué à faire le dentiste. S'est senti bien parmi les locaux. Il faut dire qu'il avait grandi pieds nus sur les plages de La Goulette. Les jumelles sont nées. Cheyenne, c'était un joli prénom, guerrier et doux, et pour la sœur, Kaya : « la sœur » en indien. Pour une jumelle, ça semblait tout indiqué. Cheyenne et Kaya Cohen. Tout ça n'était ni très tahitien ni très juif, mais, dans le doute, ça pouvait sembler casher.

Je portais gentiment mon prénom, comme une dizaine d'autres petites filles sur l'île et tout allait bien tant que Cheyenne était la jolie petite fille de Marlon Brando et de Tarita Teriipaia, sa compagne polynésienne. Brando l'avait rencontrée sur le tournage des *Révoltés du Bounty* et il est, pour dire les choses simplement, tombé amoureux tout autant de la femme que de son île. Selon l'adage optimiste, à l'amour succède toujours la catastrophe, ça n'a pas loupé. Leur fille, Cheyenne, s'est suicidée quand elle avait vingt-cinq ans. Mais gardons les drames pour plus tard.

Concentrons-nous sur le coup de foudre. Pourquoi Marlon est-il tombé amoureux de cette île ?

Si Tahiti était un personnage, je ferais l'une de mes fiches pour la cerner, connaître son passé, son histoire, sa morphologie et mieux l'intégrer à l'histoire, prévoir ses réactions, en faire un être de chair et de sang.

FICHE PERSONNAGE - TAHITI

Île volcanique
Polynésie française (COM, collectivité d'outre-mer)
Archipel de la Société - Îles du Vent
Océan Pacifique
185 000 habitants environ
Capitale : Papeete (prononcer Papé-été)
Climat tropical (cyclones dévastateurs comme celui de 1983)
Activités principales : Agriculture, pêche et tourisme
Urbanisation envahissante
Records en matière de : consommation de champagne, de Porsche Cayenne par habitant, de seins refaits, d'obésité
Découverte par Samuel Wallis en 1767
Début XIXe = Dirigée par la dynastie des Pomare
1848 = devient protectorat français
1880 = devient colonie française
1959 = intégrée à la Polynésie française
1966 à 1974 = 46 essais nucléaires aériens à Mururoa et Fangataufa
1975 à 1996 = 147 essais nucléaires souterrains sous les lagons de Mururoa et Fangataufa

Voici donc le paradis de Brando.
Le point de départ de ce film.
Mon île natale.

Elle me semble bien loin, vue du petit appartement que j'habite seule dans le 11ᵉ arrondissement de Paris. Je ne fais pas partie de la « France d'en bas », encore moins de la « France d'en haut », mais de la « France d'ailleurs ». Et pas n'importe quel ailleurs, pas l'ailleurs trop proche, mais l'ailleurs rêvé, fantasmatique, tellement lointain qu'on ne peut le capturer qu'en fermant les yeux. Et on ne ferme pas les yeux pour repousser des visions de guerre, d'horreur et de culpabilité, on ferme les yeux pour formuler silencieusement un désir secret. Je viens d'un ailleurs merveilleux qui s'abreuve des pleurs des étrangers.

Au lieu de me remplir de joie, d'émotion ou de je ne sais quel bonheur, l'idée de retrouver mon île natale me fait ressentir un sentiment typiquement tahitien. Je suis *fiu*.

Fiu. Adjectif invariable. Mot polynésien. Être *fiu*, être en proie à une grande lassitude ; en avoir assez.

On ne peut pourtant pas dire que j'ai eu une activité débordante aujourd'hui. J'ai considéré la proposition qui m'a été faite, j'ai envisagé la possibilité de retourner à Tahiti, de revoir les miens, j'ai feuilleté des livres sur Brando, j'ai dormi.

Je soupire. *Aue tataue !* Quelle lassitude !

Fiu est un mot qui veut tout dire. Ou plutôt, qui veut dire tout ce qui est déplaisant. Tristesse, mélancolie, fatigue, lassitude, ennui, chaleur, nausée, nostalgie. Le *fiu* est l'état dans lequel les Tahitiens vivent en permanence. Il suffit de contempler la mer, les vagues, les cocotiers et de laisser le *fiu* s'emparer de soi. Un *fiu* plombant comme une ancre de baleinier.

Quand on est *fiu*, on ne peut rien faire, si ce n'est boire un coup en attendant que ça passe, et penser au petit Marlon.

NEBRASKA, 1930 - MAISON DES BRANDO - INT. JOUR

Marlon a six ans. C'est un petit garçon boudeur aux lèvres pulpeuses.
Il est dans les bras de sa nounou, Ermi, une jeune femme au teint très mat et aux cheveux longs.

MARLON

Ermi, je ne veux pas que tu me quittes.

ERMI

Je ne te quitte pas, mon chéri.

MARLON

Alors pourquoi tu pars avec lui ?

ERMI

Je vais me marier.

MARLON

Et pourquoi tu te maries pas avec moi ?

ERMI

Parce que tu es trop petit, mon chéri.

Marlon commence à sangloter.
Ermi l'embrasse et part rejoindre un charmant jeune homme qui l'attend sur le seuil de la maison.

NEBRASKA, 1936 - MAISON DES BRANDO - INT. JOUR

Marlon a dix ans.
Il rentre seul de l'école et cherche sa maman des yeux.

MARLON

Maman ? Maman ?

Il n'y a personne.
Il ouvre le réfrigérateur. Il est vide.
Le téléphone sonne.

HOMME (OFF)

Il y a une femme ivre ici, vous feriez mieux de venir la chercher.

Marlon raccroche et ressort pour chercher sa maman.

2.

— *Les Révoltés du Bounty*, ça te parle ?

Me voilà assise entre un cendrier et une orchidée, face au producteur. Longjumeau fume clope sur clope et me lance des regards qui alternent entre méfiance et grossièreté.

— Bien sûr, dis-je en récitant ce que j'ai lu hier. C'est une mutinerie célèbre de l'histoire de la marine anglaise. En 1789, la frégate *HMS Bounty* se rend à Tahiti pour collecter des plants d'arbre à pain, des *uru.* Les marins mécontents, menés par l'officier Fletcher Christian prennent le contrôle du navire et abandonnent à la dérive le capitaine William Bligh. Les mutins se cachent à Tahiti, avant de trouver refuge sur l'île de Pitcairn.

— Je vois que tu en connais un rayon.

— J'en sais bien plus. Par exemple, qu'il y a eu quatre films inspirés de cette histoire. Un best-seller sur le sujet a été publié en 1932 par Charles Nordhoff et James Norman Hall. Le rôle destiné à Brando, celui de Fletcher Christian, le jeune leader de la mutinerie, a été tenu par Errol Flynn dans le premier film. Le département publicitaire de la Warner Bros prétendait que Flynn était un descendant direct de Fletcher Christian. C'était faux. Dans le second film, c'est Clark Gable qui tient le rôle du héros. C'est dans cette version que Movita Castaneda a fait ses débuts. Celle qui sera la seconde épouse de Brando. *Funny,* non ? Mais ne me laissez pas m'égarer sur le chemin des femmes. Je vais m'emmêler les pinceaux. Tous ces *Bounty* n'ont pas eu l'oscar du meilleur film, seule l'adaptation de Lloyd avec Gable et Laughton remportera la statuette…

— Waoh, minute papillon, je t'ai perdue avant le premier film. Et puis tout ça, on s'en branle, on veut un truc bien carré, tu vois, biopic à l'américaine, l'arrivée de Brando à Tahiti, le tournage du film, la rencontre avec sa Tahitienne, les enfants, le paradis, l'île qu'il achète…

— L'atoll.

— On s'en branle.

— OK.

— Faut pas jouer sur les mots, tu vois, faut être souple, faut être grand public, tu vois…

— Je vois.

— Tu vois quoi ?

— Ça :

BUREAUX DE LA MGM - HOLLYWOOD - INT. JOUR

La caméra passe dans le studios de la MGM. Sur les murs sont suspendues toutes les affiches de Marlon star.
Marlon avec une casquette en cuir dans *L'Équipée sauvage.*
Marlon en tee-shirt blanc dans *Un tramway nommé Désir.*
Marlon avec des lauriers sur la tête dans *Jules César.*

BUREAU DE MARLON BRANDO - INT. JOUR

AGENT DE MARLON

Faut que tu décides. *Lawrence d'Arabie* ou *Les Révoltés du Bounty* ?

MARLON

Je préfère être damné que de passer deux ans de ma vie dans le désert sur un idiot de chameau.

AGENT DE MARLON

On dit oui à Tahiti ? Le producteur n'arrête pas de m'appeler.

MARLON

OK, mais dis-leur que je veux insister sur la période où les mutins atteignent l'île de Pitcairn. Tu vois, je veux montrer qu'à la façon dont notre société est constituée, on ne

peut pas vivre sans haine, même
dans un paradis.

— Ouais bof, vas-y mollo sur la haine et tout le tralala. C'est une pente glissante. On sait sur quelle plaque de glace ça commence mais jamais dans quel trou ça finit. Insiste plus sur le paradis tout court.

— Je comprends. Genre une plage, un lagon multicolore, l'avion qui se pose, Brando qui tombe amoureux. Plutôt ça :

AVION - TAHITI - INT./EXT. JOUR

Marlon, son agent, le producteur de la MGM, un directeur de production, plusieurs Américains sont à bord d'un petit avion privé.
Agitation dans la cabine.

HOMME 1

On arrive ! Regardez !

Ils se penchent tous pour regarder à travers les hublots.
Une petite île entourée d'une barrière de corail et d'un lagon transparent se dessine.

MARLON

Tahiti

AÉROPORT TAHITI - EXT. JOUR

Marlon descend avec ses camarades.
Une troupe de danseurs les attend sur le tarmac.

`Marlon est aux anges. Il regarde autour de lui comme un enfant.`

— Tu piges vite. J'aime. Rends-nous un synopsis dans ce genre et tu es embauchée. C'est ce feeling-là qu'on veut. Du glamour, du soleil.

— La règle des trois C.

— La règle des trois quoi ?

— Cul, Coke et Cocotiers.

— Exactement. Évite la coke quand même. On veut le CNC. C'est pour ça qu'on produit depuis Paris. Et les Ricains, ils blaguent pas avec leur icône.

— Alors Cul, Cocotiers et Costumes.

— Voilà, par exemple… tu piges vite… j'aime bien ça.

— Surtout que Brando était pas du tout dans la schnouf. Mais je crois savoir que ses parents étaient alcooliques.

— Bah, tu vois, ça, t'évites. Tu restes concentrée. Tahiti. Les femmes. Le bonheur.

— On ne parle pas du suicide de Cheyenne ?

— Bof.

— C'est-à-dire ? J'écrirai : et là patratas, elle s'est bof pendue ?

— Tu trouveras. C'était pas ta sœur ou un truc dans le genre ?

— Je m'appelle juste comme elle, mais aucun lien, mon père est dentiste.

— Aucun lien avec les Brando ?

— Je dois bien connaître un ou deux descendants.

— Eh ben voilà ! Quand tu y mets du tien.

— Je vois.

— Tu vois quoi ?

— La manière de raconter cette histoire. Quand est-ce qu'il vous faut le scénario ?

— Synopsis fin de semaine. Traitement dans deux mois. Scénario dans six. Les équipes de repérage te colleront au cul. On fera traduire. Y aura probablement une armée de *script doctors* des States qui repassera dessus, mais ça c'est le jeu, t'es pas née de la dernière pluie, dit-il en se pourléchant les babines.

— Je vois.

— Tu vois quoi ?

— L'argent sur mon compte.

— T'es marrante, toi, ça me plaît.

— Qui à la réalisation ?

— Un Français. Depuis son oscar, il leur doit un film.

— À qui ?

— Aux Ricains.

— Et l'Acteur… ?

— Chut… C'est celui dont on ne doit pas prononcer le nom.

— Je vois.

— Tu vois quoi ?

— Celui dont on ne doit pas prononcer le nom en Brando. Il est prêt à grossir un peu ?

— Non, non, pas d'obésité non plus. Garde à l'esprit ce cahier des charges : décors naturels/pas de morts/pas d'obésité/que du paradis.

— Je vais faire de mon mieux pour puiser dans le supermarché du bonheur.

— J'attends le synopsis. 200 000 balles. *Don't forget.*

3.

On dit que les jumeaux homozygotes ont la faculté de ressentir les mêmes émotions. On dit que lorsque l'un d'entre eux souffre, l'autre peut le ressentir. On dit que si l'un se casse la jambe en escaladant une montagne au Pérou, l'autre, au beau milieu des fjords de Norvège, sentira la douleur de l'os qui se brise. Ce sont des légendes. Et pourtant, combien de fois ai-je vécu dans ma chair des aventures qui ne m'arrivaient pas à moi ?

Enfants, nous étions dans la maison de notre tante à Moorea. Avant le lever du soleil, Kaya s'est levée sans faire de bruit. Elle a marché vers la mer, sur le ponton glissant, et s'est penchée pour voir un poisson aux reflets bleus. Elle est tombée dans l'eau sur un banc d'oursins. Je me suis réveillée en sursaut avec la brûlure des aiguilles dans la cuisse. Je suis allée récupérer Kaya au bord du ponton. J'ai sauté dans les vagues et puis nous sommes allées réveiller les parents. Papa ! Maman ! On est tombées à l'eau !

On a des oursins partout ! Oh, les filles, vous êtes insupportables, combien de fois faudra-t-il vous dire que le ponton est glissant ! La prochaine fois, vous vous ferez manger par une murène.

Il est temps d'appeler ma sœur.

Un Skype pour prendre des nouvelles. Est-ce qu'il fait beau ? C'est la saison des pluies... Les embouteillages... La rénovation de la piscine... Le type qui s'est autoproclamé roi... Le refus des autorités de la construction d'une mosquée à Papeete... Le procès de Gaston Flosse...

Je n'ai même pas le temps de parler du film, de Marlon Brando que sa voix s'étrangle :

— Il va sortir...

— Qui ? Mon cœur s'interrompt. On ne parle plus de l'ancien président.

— Lui... de prison... maman m'a rien dit, j'ai surpris une conversation. La prison prend l'eau. Ils chassent le plus de monde possible. Avec les histoires de drogue, plus de place pour les violeurs et les assassins. Il est temps que tu reviennes...

Je raccroche.

J'ai peut-être inventé cette conversation. Je ne sais jamais quand je parle à ma sœur et quand je me parle à moi-même. Je passe tellement de temps à faire dialoguer des personnages que je me suis mise à entretenir une conversation télépathique avec Kaya. Ou alors, c'est parce que mon esprit s'est forgé grâce aux dialogues incessants que j'entretenais avec elle dans le plus grand silence que je suis devenue scénariste.

Parfois, ces dialogues télépathiques s'interrompent, comme après son départ de New York, mais ils resurgissent, quand je m'y attends le moins, comme ce soir.

— *Reviens. Il faut que tu reviennes. Je ne vais pas y arriver sans toi. J'ai peur. Il va faire du mal à quelqu'un. À moi...*

— *N'y pense même pas. Je vais revenir.*

Qui est sur le point de sortir de prison ?

L'oncle. Le frère n° 4 de notre mère. Le violeur. Victime d'un strabisme divergent depuis l'enfance. Toujours eu un truc qui clochait. Sa mère le savait. Elle l'a gardé près d'elle. Éducation religieuse comme les autres. Toujours dans les jambes de sa maman à chanter l'*Ave Maria*. Toujours, il lui griffait la jambe. Il a sucé le sein jusqu'à cinq ans. Il était fort comme Ben-Hur. Vous avez vu ces muscles ? Ça, c'est le lait maternel. Il faisait beaucoup de pirogue. Et il réparait des trucs. Plomberie, électricité. Il a rencontré une femme forte comme lui qui travaillait à la mairie. Il ont eu un enfant, puis deux, puis trois. Un matin, les gamins jouaient au bord de la route. L'aîné s'est fait faucher par une voiture. Le père s'est précipité. Le fils était mort. La femme l'a quitté. Il ne voyait plus ses enfants que le week-end. Sa fille avait de la peine pour lui. Elle venait toujours lui dire, papa, papa, viens jouer avec nous. Alors il la faisait s'asseoir sur ses genoux. Il la berçait. Il la respirait. Il voulait la manger avant que la voiture ne la mange elle aussi. Il voulait la faire entrer à l'intérieur de lui pour la protéger. Mais comment faire passer la tête de la petite à travers sa gorge à lui ? Il réfléchit beaucoup. Il ne voyait qu'une solution. Entrer à l'intérieur d'elle. Après tout, elle avait des trous qui servaient à ça. Ils ne feraient plus qu'un, elle n'aurait plus rien à craindre. La voiture ne la mangerait pas. C'est ainsi qu'il prit l'habitude de la protéger des voitures en ne faisant qu'un avec elle. Mais ça ne suffisait pas. Le danger était partout. Toutes les petites cousines qui traînaient à la presqu'île, au bord de la route, à jeter des cailloux, risquaient aussi le pire. Alors un après-midi, il a demandé : Qui veut faire de la pirogue ? Il avait quelque chose de louche, celui-là. Et pas que son œil. J'ai accompagné la sœur. Nous étions toutes les deux dans la pirogue. Elle a sauté dans l'eau. Lui à sa suite. Tais-toi, il répétait, ou tu vas te noyer. Je suis là pour vous protéger. J'ai essayé de défendre la sœur. Je l'ai hissée dans la pirogue. Lui, je l'ai frappé avec la rame, mais il est remonté sur la pirogue et c'est là qu'il a transpercé son maillot. On était au large, près du récif. Kaya pleurait. Elle avait du sel dans les yeux. Je criais. Il s'est retourné vers moi. Tais-toi. Tu ne comprends pas que je suis là pour vous protéger ? Il m'a attrapée, m'a soulevée et m'a serrée contre lui. Brûlure de sel et de sang. Kaya a crié. Personne ne nous a entendues. Trop loin pour rentrer à la nage. On se serait noyées.

Nous sommes nées un 16 avril, les pieds froids. Tout le monde pensait que nous étions mortes. On s'en est sorties à deux. On souffrirait à deux. On le condamnerait à deux.

Après le procès, on est devenues l'attraction. Les jumelles violées par leur oncle. Rien d'extraordinaire à Tahiti. Mais quand même. On chuchotait sur notre passage dans la cour du collège. Et un jour, alors qu'on ramassait des coquillages sur la plage, un type s'est avancé vers nous. On savait qui c'était. Un styliste de mode. On organise un concours de mannequins. C'est une grande agence qui vient recruter. Venez passer le casting. Deux pour le prix d'une, on a plaisanté. On a participé au concours, on a gagné. On s'en est sorties à deux. On a gagné à deux. Le contrat. Le départ pour New York. Les cris du père. Mais après ce qui s'était passé, on ne pouvait plus rien nous refuser. On avait souffert. On avait le droit au bonheur. On nous a laissées quitter l'école, vivre à New York. Après quelque temps, la jumelle en a eu marre. Fini les soirées lesbiennes de Manhattan. Un an plus tôt, ça avait perturbé la mère de savoir que, dorénavant, ce serait des chattes qu'elle lécherait et rien d'autre. Qu'est-ce que j'ai fait de mal ? C'est à cause du viol. Il y a forcément une raison. Ce n'est pas normal. Ma pauvre fille. Je n'aurai pas de petits-enfants ? Et puis, on s'est fâchées avec la sœur. Je buvais trop de vodka. Je suis arrivée ivre au casting pour Victoria's Secret. Je suis tombée. J'ai laissé passer notre chance. On ne serait jamais des anges. Elle est partie. On est deux. Puis on est une. On m'arrache un bras, un poumon, un rein, un œil. Je ne mange plus. Je ne dors plus. Je multiplie les hommes, affreux, sales ou méchants, qu'importe. Je les méprise. Je me méprise. Je me tais. Ils ne sont pas Kaya, ils ne sont pas ma sœur, ils ne sont pas ma vie. J'ai continué à travailler un peu pour l'agence, mais, sans la jumelle, j'étais sans valeur. J'étais sur le déclin. C'est là que j'ai rencontré Saul, quitté New York dans la nuit, suis allée à Paris. Depuis, je vis dans une solitude telle qu'il n'existe pas de mots pour la décrire.

Comment dire un viol ?

Le cinéma utiliserait une ellipse. Les films de Marlon aussi. Prenez *Un tramway nommé Désir*. Elia Kazan choisit de représenter le viol de Blanche DuBois par une belle ellipse, un beau noir.

Mais quel est l'équivalent de l'ellipse dans la vraie vie ?

Le silence.

Plutôt, le secret.

Je dois retourner à Tahiti pour ne plus être seule et être à nouveau moi-même, être à nouveau nous. Nous sommes nées un 16 avril au milieu des années quatre-vingt. Prématurées. Presque mort-nées. Le médecin nous a ressuscitées. On s'en est sorties à deux. On s'en sortira à deux.

— *Cheyenne…*

— *Je suis là.*

— *Cheyenne ! Cheyenne ! Tu m'entends ?*

4.

Kaya a pris la décision pour moi.

Il faut que j'obtienne ce contrat.

Pour l'obtenir, encore faut-il que je passe par la case synopsis.

Je vais à la Fnac des Halles. Je me faufile jusqu'au rayon cinéma et prends tout ce que je trouve sur Brando. On nous explique comment sa vie a été une longue recherche du malheur. Ce n'est pas là que je vais trouver la gaieté et la lumière réclamées par les producteurs. Non, désolée les gars, François Forestier dit que Brando, c'est une âme de malheur faite avec des ténèbres, ne déplacez pas les équipes, éteignez tout. On va se coucher. C'est la nuit tout autour. Laissez tomber.

Je découvre aussi un Marlon obsédé par les femmes, détruit par le départ de sa nounou dans son enfance, faisant payer à toutes les autres cet abandon inaugural. Il se transforme, dit-on, en *fuck machine*, *serial lover*, ayant baptisé sa queue le « noble outil » et se remémorant, selon ses propres termes, les meilleures années de sa vie comme celles de la « grande baise ». À chaque page, une nouvelle femme est citée : de Marilyn Monroe à Ava Gardner en passant par Rita Moreno et Gloria Vanderbilt, il a, pour dire les choses simplement, baisé tout ce qui s'agitait devant son noble outil. Et pas que des femmes. Christian Marquand, James Dean… on peut même voir sur la toile une photo de Marlon, la bouche ouverte, dans laquelle s'enfonce la bite de son ami Wally Cox. Hommes ou femmes, chaque personne qui s'est trouvée sur son chemin a été broyée.

BRANDO ET LES FEMMES

Premier mariage = Anna Kashfi
Un fils = Christian, portant le même nom que son meilleur ami, Christian Marquand
Deuxième mariage = Movita Castaneda (actrice d'origine mexicaine)
Deux enfants = Miko et Rebecca
Troisième alliance (pas de mariage officiel) = Tarita Teriipaia (rencontrée sur le tournage des *Révoltés du Bounty*)
Deux enfants = Teihotu et Cheyenne
À la fin de sa vie, il donne trois enfants à Maria Christina Ruiz, sa femme de ménage et entre-temps il adopte plusieurs enfants. Beaucoup d'enfants. Beaucoup de pensions.
Note = toutes ses femmes ont la peau mate, comme sa nounou.

Autant de sexe et de reproduction m'épuise. S'il dégaine encore une fois son noble outil, je sens que je vais sombrer dans le *fiu*, tendance dégoût. Pas de lui, non, j'ai beaucoup de sympathie pour les agités du gland, mais de moi. Je ne suis pas très loin du compte. Comme Marlon, j'ai l'impression que si j'arrête de baiser, le monde va me tomber sur les épaules. Je connais le mécanisme de la frénésie sexuelle. Et, comme Marlon, le sexe opposé ne suffit pas à assouvir autant de haine de soi. Il me faut tout le monde, tout le temps. Sucer, avaler, sucer, oublier. Et recommencer. Je me suis spécialisée dans le sexe punitif, vomitif, expéditif et amnésique. Je retourne le couteau dans la plaie aussi souvent que possible. On m'a surnommée la madame Bovary des DOM-TOM, prête à tout pour tromper son ennui, la mante religieuse de l'Est parisien, on m'a dit que mon corps dévorait mon âme. Faux. Je vis simplement à côté de lui. Et j'ai beau trouver refuge dans la dépravation et rechercher dans cette chute l'ivresse des profondeurs, mes aspirations à une humanité digne de ce nom demeurent intactes.

Pour le synopsis, je vais faire l'impasse sur le sexe. L'important est de jouer à fond la carte du « Brando sauvé par Tahiti ». La carte « bons sauvages » contre « méchants Occidentaux ». La carte « nature ». La devise : liberté, bonheur, sincérité. Et malgré tout, comprendre comment Brando a détruit la pureté qu'il avait recherchée et trouvée.

Je devrais rendre compte des grands traits de sa personnalité. Son enfance malheureuse, sa haine du père, sa haine du métier d'acteur, son engagement politique, sa détestation du journalisme, les drames liés aux femmes, le suicide de sa fille, sa boulimie, ses amitiés, ses amours. Brando, l'ange et le monstre. C'était l'expression que Bertolucci utilisait pour parler de lui. Mais je me contente d'axer sur l'attirance de Brando pour Tahiti et les Tahitiens, les bons métèques qui le sauvent d'Hollywood, sur son amour sincère pour cette île. C'est ce qu'il a de plus émouvant. Cet amour inconditionnel. Il n'a jamais aimé une femme, mais il aura aimé une île. Amen. Je joue la passion, à fond. Je leur fais le coup de la grande fresque *Docteur Jivago* au paradis.

Je donne tout : du monstre sacré, de la superstar, du sex-symbol, du désir, de la fascination. Un amour triangulaire entre Brando, une femme et une île.

Un combat à mort. D'un côté la liberté, la simplicité, la douceur, de l'autre la corruption, la mesquinerie, la vanité.

Je n'oublie pas les indications de Longjumeau, je mets de la lumière, de la gaieté, des fêtes.

En deux mots, mon synopsis donne à peu près ceci :

Hollywood *VS* Tahiti.

J'envoie cette version officielle à Saul et à Longjumeau.

5.

Saul m'a invitée dans son restaurant de prédilection. Un grand boui-boui chinois de la porte d'Ivry. Il a toujours vécu dans le 13e arrondissement de Paris. Saul commande un canard pékinois. Il y a de grandes tables rondes tournantes. Il évoque Chinatown, le quartier, pas le film, les soupes géantes qu'il mangeait autrefois pour se réchauffer. New York lui manque.

— Je suis sûre que vous aussi, vous lui manquez.

Il n'aborde pas le sujet frontalement. Il a pourtant dû recevoir la réponse de Longjumeau. Il me conseille des lectures. Nous buvons du vin en parlant des Américains. C'est un admirateur de Saul Bellow. Pas seulement à cause du prénom partagé. De Philip Roth. Lui-même se compare souvent à Portnoy. Il tient Don DeLillo pour le plus grand dialoguiste vivant. Il aime chez McCarthy les images apocalyptiques. Les dernières pages de *Suttree* le font pleurer. C'est ce qu'il m'avoue à la fin de la première bouteille. Il ne parle jamais de femmes. Après enquête, j'ai appris qu'il était veuf. Un accident de voiture lui a pris son épouse au début des années quatre-vingt. Une Chinoise. Il ne s'en est jamais remis.

— Il y a deux façons de se faire voler sa femme. Par la mort en personne ou par le boucher casher de la *2nd Avenue himself*. Je peux vous dire que quand ça vous arrive, vous arrêtez les *schnitzels* aussi sec.

Il ne lit pas Ballard. Les grands blessés ne l'excitent pas. Il aime la poésie de Hart Crane. *Martin Eden* le bouleverse. Bukowski le fait rire. Il admire *L'Étrange Histoire de Peter Schlemihl*, le plus beau texte du romantisme allemand. L'homme qui vend son ombre en échange de la bourse du diable.

— Et vous, Saul, pour quoi vendriez-vous votre ombre ?

— Pour rien, ma petite. Personne ne veut de l'ombre d'un Juif. Et vous ?

— On m'a volé mon âme il y a longtemps. Avec mon pays et mes croyances, ils ont mis tout ça dans une grande marmite qu'ils ont fait exploser avec les essais nucléaires.

S'il croit que je vais le laisser avoir le dernier mot.

Sur un coin de nappe, Saul dessine un arbre. Il est obsédé par la généalogie. Peut-être parce qu'on lui a scié pas mal de branches.

Père : mort à Auschwitz.

Mère : suicidée à Brooklyn.

Petit Saul : exilé aux États-Unis chez des oncles.

Tout le reste : mort, morte, morts.

— Votre père, donc, lance-t-il, Juif de Tunisie ?

— Oui… enfin… son père était algérien… si on remonte vraiment plus loin, peut-être qu'on trouve l'Espagne.

— Comment ça, l'Espagne ? Quand ?

— Je ne sais pas.

— Comment ça, vous ne savez pas ? Ça ne vous intéresse pas ?

— Je ne sais pas. C'est tout.

— Votre nonchalance vous tuera, jeune fille. Et votre mère ?

— Née au Canada, d'une mère tahitienne et d'un père breton.

— Et avant ça ?

— Avant ça, je ne sais pas, Saul, je ne sais pas.

— Eh bien, écrivez, vous saurez. Vous ne pouvez pas vous couper ainsi d'une partie de votre mémoire. Et vous, sur votre ligne, qui d'autre ?

— Ma sœur Kaya. Ma sœur jumelle.

Il dessine un cœur sur la nappe.

— C'est parfait. Commencez par là !

Comment dire à Saul de se taire ? J'ai trop bu. Je vais pleurer. S'il savait que ce cœur, c'est mon cœur, sans l'hémisphère droit je meurs, que ce cœur m'a fait faire des choses inavouables, que ce cœur peut s'arrêter à tout instant. Il est minuit, aujourd'hui. À Tahiti, il est midi, hier. Avec le décalage, je pourrais être morte ici et vivante là-bas. C'est comme ça que je me sens ce soir, morte ici, vivante là-bas.

La lumière dans le restaurant faiblit.

Nous nous remettons à parler de livres.

Le cinéma passe au second plan. Comme toujours. Saul se languit de l'éditeur qu'il n'est plus. Je me languis de l'écrivain que je ne suis pas. Mais quand même, il ne peut pas éviter le sujet plus longtemps.

— Ils sont OK. Les Américains, Longjumeau, le Réalisateur, l'Acteur principal et tous les autres décisionnaires. Allez à Tahiti. Pondez-moi ce machin sur Brando. Écrivez sur Tahiti.

J'ai bien essayé d'écrire quelque chose sur Tahiti. Quelque chose de vrai, avec du vécu. Je n'ai jamais réussi. Je sais que c'est perdu d'avance. Comme le paradis : perdu. Je peux m'armer de toute la bonne foi possible, d'une volonté de rigueur scientifique, d'honnêteté intellectuelle, de tout et de n'importe quoi, je ne pourrai que poursuivre la fiction entamée bien avant moi, bien avant ma naissance, en des temps immémoriaux.

— Je hais les voyages et les explorateurs, Saul, comme Lévi-Strauss. Je sais qu'il n'y a pas de voyage honnête et encore moins de récits intègres. Je ne peux pas avoir une attitude neutre par rapport à mon propre groupe. Ce qui me porte vers les autres est le mépris que m'inspire mon milieu d'origine, ses codes et ses coutumes. En aucun cas je ne pourrai m'en faire l'analyste.

— Je crois au contraire que vous allez accoucher d'un document unique, symptomatique et terrifiant. Sauvage, moitié indigène, moitié continentale, à la fois cynique, sadique, maniaque, hyperbolique, votre témoignage pourra devenir le symbole de la civilisation cosmopolite, boiteuse et bestiale qui est la nôtre.

— Rien que ça…

La lumière s'éteint brusquement. C'est le grand noir dans le restaurant chinois. Saul pousse un cri. Il s'est éclaboussé avec de l'huile bouillante. La guerre est aux portes de la ville.

Dans les vapeurs de poisson et de gingembre, je me refuse à formuler cette chose que je sais pourtant. Pour qu'une vérité puisse éclore, il faut que le noir se fasse. La fleur de la vérité ne peut pousser que dans une terre anthracite.

II

L'Île du docteur Brando

1.

Regardez autour de vous. Ce soleil, ce bleu, cette chaleur. On se laisse facilement aveugler par tant de lumière. Brando le premier. À peine découvre-t-il Tahiti dans les pages du *National Geographic* à six ans qu'il pense déjà avoir trouvé son sanctuaire, son nirvana. Mais je suis trop maligne pour ça et je ne suis plus une enfant. J'arrive dégoulinante à la douane et mon sentiment en débarquant à Tahiti après toutes ces années d'absence ressemble plus à une hallucination suante qu'à la vision idyllique des navigateurs d'hier.

Le paradis, comme toutes les saloperies, est né quelque part, à un moment donné. Dans le cas de notre petit eldorado entouré de mer, c'est la faute aux découvreurs. Tout a foutu le camp dans la seconde moitié du XVIIIe siècle. Il a suffi de trois matelots, Samuel Wallis, Louis-Antoine de Bougainville et James Cook, trois voyages et trois récits pour que la réputation de Tahiti soit faite. Nous avons découvert dans les mers du Sud une île large, fertile et très peuplée. Des pirogues remplies de fruits, d'offrandes et de femmes nues nous accueillent. Nous allons être comme chez nous. Après, on met les pieds dans l'histoire coloniale jusqu'au genou, ce sont des catastrophes en chaîne. Des églises, des temples, des écoles, la mort des rois, le protectorat, les essais nucléaires, vous connaissez la chanson. L'espace s'investit. Il faut en prendre possession. S'y installer. Planter des arbres. Construire un toit. Faire un feu. Ériger une église. Planter une croix dans le sol. Ceci est ma terre. Organiser une école. Accrocher la croix devant l'entrée principale. Bâtir un casino. Ouvrir une discothèque. Faire descendre la croix. Laisser l'eau monter et emporter tout sur son passage. Laisser l'île se noyer.

Mais peu importe, on a beau savoir la fin, on tombe dans le panneau. Les voyageurs, les capitaines, les cinéastes, les acteurs, les botanistes de la reine, tous font l'expérience d'un paradis retrouvé. On ferme volontiers les yeux sur les petits points noirs, la violence des sacrifices humains, la rigidité de la hiérarchie sociale, la syphilis et autres maladies génitales. On oublie le sort de ce malheureux James Cook, par exemple. Il s'est fait buter lors de son troisième voyage autour du monde. Lorsqu'il tente de retourner à Hawaii pour des raisons météorologiques, les sauvages ne supportent pas qu'il transgresse leurs tabous et ils le zigouillent avant de le manger. Voilà comment un immense homme, un grand explorateur finit en carpaccio sur une plage à Hawaii.

Il est encore temps de partir, je songe, avant de passer les douanes. Mais pas question de revenir à la Cook ou de se retourner à la Orphée. On risque sa peau, ici.

Je n'arrive pas à croire que je suis revenue. Je m'étais dit jamais, jamais plus, à part pour mourir, comme un chien ou un saumon. La seule bestiole ici, c'est le berger des douanes qui me renifle. Il faut que je me calme, je vais me faire remarquer… et ces gouttes qui coulent de mon front. Tout le monde me regarde. C'est à ça qu'on reconnaît qu'on est à Tahiti. Il y a aussi les bonjour par-ci, les bonjour par-là, les visages de l'enfance qui s'animent autour de soi. On connaît tout le monde. Et, si on ne connaît pas, on connaît quand même.

Le chien tourne autour de mes bagages, me lance des regards noirs, je mets mes lunettes de soleil. Un colosse en short s'approche et me demande d'ouvrir mes valises. Je respire et m'exécute. Mon iPhone, mon ordinateur, mes écouteurs, tout est passé au crible. L'accent tahitien vient chanter dans mon oreille. On roule les *r* profondément, comme pour faire un *l*, on souffle les *h*, le *e* c'est *é*, le *u* c'est *ou*, un jeu d'enfant.

— Qu'est-ce que tu comptes faiLe avec ça ? RrrevendLe ?

— Non, non, je ne suis que de passage, je viens voir la famille.

— Combien de temps du Lestes ?

J'avais oublié qu'ici on se tutoie, quoi qu'il arrive, tu tutoies et c'est tout. Même le président, tu le tutoies. Ça fait plaisir aux touristes. Oh, tu as vu, ces bons sauvages, tellement chaleureux, à dire *tu* tout de suite, c'est bien, c'est accueillant, ça supprime la distance, ça met sur un pied d'égalité. Ce *tu* prend dans leur bouche une si noble simplicité que l'étranger se croit instantanément leur ami. Il se croit entré dans le cercle de la famille. Il a tort.

— Je ne sais pas, un mois… peut-être deux…

— Tu as de l'alcool ?

— Deux bouteilles de champagne, c'est tout.

Le colosse me cherche des noises. Ils font la guerre aux importations illicites. Ils ont besoin de l'argent des taxes. Et moi, je sue de plus belle. J'ai peur d'avoir des traces de poudre sur les narines. Une main épaisse se pose sur mes épaules. Je crie :

— Tonton !

Et je l'embrasse, soulagée. C'est le douanier en chef. Ce n'est pas vraiment mon tonton, c'est un cousin éloigné de ma mère. Ici on dit *fetii*. On est *fetii* avec untel ou untel. On est parents. Tu es forcément *fetii* avec l'un qui, lui, l'est avec l'autre, ce qui fait que tu es aussi *fetii* avec l'autre. Tant et si bien que toutes les personnes de ta génération se trouvent être tes cousins ou cousines et que ceux de la génération supérieure sont tes tontons et tes taties. D'ailleurs :

— Et tatie ?

Elle est hôtesse de l'air, à eux deux, ils se font plus d'un million CFP par mois, 10 000 euros, ils ont une maison avec piscine et vont à Los Angeles quatre fois par an.

— Tatie tLavaille pas ce soir. Elle gaLde les enfants.

— Comment ils vont ?

— Bien. Passe demain à la maison, tout le monde seLa là.

— Et le chien ? Où est passé Macéo ?

— Il est moRrrt. ÉcLasé parr une voituLe. J'ai pleuLé. Lui c'est Diego. Un beRrrger allemand top qualité. Il te repèrrre la drrrogue à des kilomètrres à la Londe. C'est un caLnage en ce moment. Ils ramènent tous des connerries, les jeunes, les vieux, les femmes. Y a de la drogue parrtout. Et y a plus de place en pLison.

Je sais.

J'avais pensé me faire un petit stock, mais j'ai tout pris pendant l'escale. Faut dire que ça fait trois jours qu'on fait la fête.

Herenui, la copine pilote a monté le coup pour moi. On part ensemble depuis Paris le mardi. On s'arrête à Los Angeles trois nuits. On fait une descente à Vegas le jeudi. Samedi, on est à Tahiti. J'ai dit d'accord. Une transition entre Paris et les tropiques ne me fera pas de mal. Pour m'aider, il y a eu beaucoup de coke et de MDMA.

Voilà pourquoi je ne ressens que la chaleur, pas le plaisir de rentrer au pays, de revoir les amis, non, juste la chaleur et la respiration du chien de tonton. Herenui me fait de l'œil.

— N'oublie pas le mariage au Sofitel. On t'attend.

Je passe la première porte, il est deux heures du matin. Je cherche les miens des yeux. Ils sont là, aux premières loges. Je sens la mère qui me serre dans ses bras, j'entends son accent chanter dans mon oreille et le père qui dit ça y est, il était temps, et la sœur qui me met un collier de fleurs autour du cou. La famille est au complet. Déjà, ça crie dans tous les sens. Nous sommes une famille heureuse.

Kaya me dit :

— Ils n'en peuvent plus. Maman va faire une crise cardiaque de bonheur. Elle a nettoyé trois fois la maison pour ton arrivée.

— Et papa ?

— Il a préparé deux kilos de pâte feuilletée. Il pense t'honorer avec un millefeuille demain soir.

— Et toi, tu es contente de me voir ?

2.

On passe de Faa'a à Papeete par le front de mer. Je remarque des nouvelles constructions dans la montagne, des immeubles et des centres commerciaux. En deux ans, je ne reconnais plus rien. Mes montagnes sont éventrées, mon île est défigurée. Le père dit :

— Ils veulent la pollution atmosphérique, l'écologie, les McDos et le tourisme. Tout… comme si c'était compatible. Ils veulent être Hawaii. Ils oublient qu'ils n'ont rien qu'un lopin de terre perdu au milieu de nulle part, dont personne ne veut.

Pendant que Kaya me raconte les derniers exploits de l'équipe locale de beach soccer – ils ont un niveau international, ils viennent de battre les Russes –, mon père orchestre avec un plaisir sadique la mythologie familiale, mettant sur le même pied notre tribu et la dynastie Toutânkhamon : Tu sais chérie, il est temps que tu fasses quelque chose, je veux dire un grand coup, un grand film, un truc, Kaya, elle, c'est une star locale, elle est en train d'inscrire le nom Cohen au firmament, il faut que tu la rejoignes et que tu ailles accrocher ton étoile dans le ciel…

Kaya a l'habitude.

— Laisse tomber, il est de plus en plus mégalo.

— Le firmament ? Carrément…

— Et encore, normalement c'est la galaxie…

Tandis que je regarde la route, le dialogue avec Kaya cède place au véritable scénario, qui s'écrit tout seul, je reprends mot pour mot le prologue de Tarita Teriipaia dans son autobiographie. Je connais ces paroles, écrites avec l'aide de Lionel Duroy, par cœur. D'ordinaire, j'évite les voix off, je bannis les flash-back, mais là je ne me refuse rien, tout coule de source. Je sais que je ne pourrai jamais laisser une scène pareille dans le scénario final, douze minutes de voix-off en plan fixe, à moins d'appeler Godard à la rescousse, je vais avoir du mal à leur faire avaler ça :

LOS ANGELES, 2004 - INT./EXT. JOUR

Tarita est une vieille dame.
Elle sort de l'aéroport, prend un taxi.
Sur sa voix vont défiler des images de Los Angeles, à travers les vitres de la voiture.

TARITA (VOIX OFF)

Marlon Brando ? Je ne savais pas qui c'était. On disait que la MGM allait tourner un grand film, à Tahiti, et que cet homme en serait la vedette. On disait qu'il était très connu, là-bas, en Amérique, mais moi son nom ne me disait rien. Les gens se bousculaient pour l'apercevoir, ou ils se montraient sa photo dans le journal, et cependant je ne ressentis aucune émotion particulière en le voyant pour la première fois à quelques pas de moi. C'était à l'automne 1960. Il était assis sur la plage dans son bel habit d'officier anglais, avec d'autres hommes autour de lui, et il me regardait danser.

FLASH-BACK 1 - TAHITI, POINTE VÉNUS, 1960 - EXT. JOUR

Marlon Brando est en tenue d'officier sur la plage de la pointe Vénus.
La réplique du navire *Bounty* flotte dans la baie, constellée de pirogues et de canots.
Des équipes de tournage s'affairent autour des acteurs.
Des répétitions de danse tahitienne ont lieu sur la plage.
Tarita, dix-neuf ans, danse au premier rang.
Marlon ne la quitte pas des yeux.

RETOUR À LOS ANGELES 2004, MAISON DE MARLON BRANDO - EXT. JOUR

La voiture de Tarita monte dans les collines de Hollywood et s'arrête devant une propriété de Mulholland Drive.
Tarita se rend au chevet de Marlon. Il sourit en la voyant. C'est un fantôme énorme qui respire mal. Ils se prennent la main.

La voix de Tarita continue de défiler sur les images.

TARITA (VOIX OFF)

Voilà, c'est la première image qui me revient, si lointaine aujourd'hui, au moment de rassembler mes souvenirs. Marlon, assis sur la plage, dans son bel habit d'officier du *Bounty*... Et mon indifférence ! Je me fichais bien de lui en ce temps-là. Je ne lui trouvais rien de plus qu'aux autres comédiens et d'ailleurs, aussitôt la danse finie, il me semble que j'ai oublié son visage. Je ne voulais rien de cet homme, ni attentions ni baisers. Il avait trente-six ans, moi seulement dix-neuf, et tout en lui m'effrayait. Pourquoi ai-je cédé finalement ? Un jour, je l'ai regardé différemment, comme si la grâce m'avait touchée. La grâce, ou l'esprit de son âme enfouie, secrète, je ne sais pas. Je l'ai regardé différemment et à partir de ce jour je l'ai aimé. Mais de quel amour rêvait-il, lui ? Quand je regarde ce que fut notre vie, ponctuée de tant de malheurs, de déchirements, de souffrances, je voudrais qu'il me dise enfin ce qu'il attendait de moi, de nous. J'ai besoin de comprendre comment tout cela a pu arriver, et pourquoi ? Pourquoi ? Qu'avons-nous fait au Ciel, mon Dieu, pour

> mériter tant de chagrins ? Mais Marlon se tait, et quand il sent que je pourrais parler, pleurer, je l'entends brusquement rire, de ce rire énorme et sarcastique qui me glace le sang. Je n'ai pas mérité la vie que nous avons eue, cet amour impossible et toujours recommencé avec Marlon, entre Tahiti et Los Angeles. Non, je n'ai pas mérité cette vie-là. Je vois mes frères et sœurs, tous mariés et heureux autour de moi, je me souviens de nos parents, de nos dimanches au temple, des travaux simples de la maison, et alors je réalise que je suis la seule de toute notre famille, la seule, à avoir connu la désolation, le désastre. Tant de drames ! Pourquoi ?

Quand j'entends les rires autour de moi, je me dis que notre famille non plus n'était pas faite pour le malheur, c'est la raison pour laquelle le drame a été si bien enfoui, coulé dans du béton et jeté au fond de la mer.

Je crie :

— Maman, laisse ma valise, tu vas te casser le dos.

— Mais non chéRRie, ça va…

Notre maison n'a pas changé. Au bout d'un chemin portant le nom de servitude White, près de la mer, dans le district de Mahina, sur la côte est de l'île. Près de la pointe Vénus, lieu principal du tournage des *Révoltés du Bounty*. Là où Marlon et Tarita se sont rencontrés pour la première fois. Eh oui, c'est ainsi que les choses se sont déroulées, simplement, avec annonce dans le journal et auditions, à l'ancienne, et quelques repérages sauvages sur l'île. Les hommes de la MGM recherchent une jeune Tahitienne pour jouer Maimiti, nièce du chef Hitihiti qui accueillit les marins du *Bounty*. Maimiti sera l'amoureuse de Fletcher Christian, alias Marlon Brando. Tout le monde est en émoi. La troupe de danseuses de l'hôtel des Tropiques est embauchée pour jouer les filles qui accueillent les marins sur l'île. Tarita est engagée. Elle répète la scène qui se déroulera sur la plage de la pointe Vénus et qui a eu lieu deux cents ans plus tôt, le jour où le *Bounty* a jeté l'ancre pour la première fois dans la baie de Matavai. Je pourrais éventuellement garder cette scène intacte. Longjumeau n'y trouvera rien à redire. Et voici comment Tarita fut choisie pour le rôle de Maimiti :

SUITE FLASH-BACK, PLAGE DE LA POINTE VÉNUS, 1960 - EXT. JOUR

Les répétitions pour les scènes de danse des *Révoltés du Bounty* se poursuivent.
Marlon ne quitte toujours pas des yeux Tarita.
À la fin de la chorégraphie, Brando s'approche du groupe de danse, accompagné de Léo Langomazino, une figure locale.

LÉO

Tarita ! Viens voir ! Je veux te présenter Marlon Brando, il trouve que tu danses très bien.

TARITA

(riant, gênée)

Merci !

Marlon la regarde, fasciné, sourire en coin, et commence dans un français mal assuré :

MARLON

Peut-être ce soir, je peux rencontrcr toi ?

LÉO

(voyant que Tarita ne bronche pas)

Il voudrait t'inviter à dîner, Tarita.

TARITA

Ah non ! Merci bien ! Moi je veux pas dîner avec lui, pas question !

LÉO

(stupéfait, dit plus bas à Tarita)

Mais enfin, Tarita, tu sais qui est cet homme ? C'est Brando ! Marlon Brando !

TARITA

Moi je m'en fous, moi, c'est qui Marlon Brando ! J'ai pas envie de sortir avec lui. C'est tout.

Tarita tourne les talons.
Marlon la regarde partir, très amusé.

MARLON

Well Leo, je crois qu'on a trouvé Maimiti.

Rien n'a changé chez nous. Les bougainvilliers sont là, le pied de jasmin aussi, les *tipanie*, les *tiare* et le mur de fougères. Rien n'a bougé. La chienne aboie.

— Ta sœur te reconnaît, dit la mère.

C'est le cadeau qu'on lui a fait, Kaya et moi, en quittant Tahiti pour qu'elle ne se sente pas trop seule. La réalité a dépassé de loin nos espérances. La chienne est devenue sa troisième fille. La mère me montre ses poules.

— Regalde elles font même des œufs. Papa va te faiRe une omelette si tu veux.

Je revois la bibliothèque, la mer, le sable noir, mais vraiment pas le temps de se remémorer le passé, l'enfance, le jardin, je suis en retard. Comment leur faire avaler que je dois aller au mariage ?

Je dis à la sœur en douce :

— Prépare-toi, on va danser.

Mais le père intervient.

— Tu as faim ? Tu dois être affamée ?

— Non, dis-je, et puis je me rappelle que je n'ai pas mangé depuis plusieurs jours, alors je dis : Oui, OK, je veux bien manger quelque chose.

Lui s'affaire dans la cuisine pendant que la mère ne me lâche pas, rrregarde j'ai changé la peinturre dans votRe chambrrre et j'ai tout nettoyé, de fond en comble, ça fait des semaines que je rrécurre. La sœur soupire, ouais des semaines. Que je suis contente de te voir, qu'elle est belle ma fille, quel bonheur d'avoir tous ses enfants avec soi, quelle chance d'êtrre tous réunis. La famille c'est sacrRré.

Je dépose mes colliers de fleurs sur le lit. Le lit est toujours notre lit. Ma chambre est toujours notre chambre. Personne n'a réussi à nous séparer. Les parents ont bien essayé, des lits différents, des pièces différentes, mais ils nous trouvaient toujours ensemble au réveil. Même à New York, on dormait l'une avec l'autre.

Je me jette sur les œufs préparés par le père. Ma mère découpe du poisson et presse le lait de coco. Mon père se plaint.

— C'est une heure pour faire du poisson cru ?

— ARrête Cohen, elle vient d'arriver, elle a drroit à son poisson cRru. Et regarde dans le fouR, chéLie, je t'ai fait du *poe.*

Le poe est un dessert gluant à base de fruits et d'amidon qu'on mange avec du lait de coco.

— Hmmm, une vraie madeleine de Proust.

— Euh non, c'est quand même plus gluant.

Kaya me regarde en riant. La mère pense que la madeleine de Proust est une marque de gâteaux industriels.

Et puis, ils veulent faire une partie de cartes, on commence un tarot, on s'amuse et la fatigue s'abat sur moi. Je sors quelques affaires de ma valise, mon père voit les DVD, il prend *Guys and Dolls* de Mankiewicz.

Il met le disque dans le lecteur et projette le film sur le mur. Il adore les génériques. Et moi, j'adore mes parents. J'avais oublié à quel point ils étaient drôles. Je ne me souvenais plus du bonheur d'être ensemble. La simplicité avec laquelle on se laisse glisser dans ce bonheur. Si je ne suis pas heureuse, ça y ressemble. Je n'arriverai plus à bouger, je le sais, je dis à la sœur en allant dans notre chambre et en entendant le père chanter plus fort que Frank Sinatra :

— Je tombe de sommeil.

— Ah non !

Mais je somnole déjà, retrouvant la sérénité de la présence de la sœur, mettant un terme à des années d'insomnies, j'enroule mes orteils entre les siens et je dors comme pendant les neuf mois où nous avons partagé le ventre de notre mère, d'un sommeil profond et liquide.

3.

La bave du chien me réveille. Plus les cris étouffés de la sœur.

— Cheyenne ! Cheyenne !

— Il est quelle heure ?

— Trop tard, lève-toi.

Elle me tire sur la terrasse, me fait un café. J'ajoute un peu de lait, du sucre, comme à Paris. Ça me manque déjà.

— Tu sais, dis-je, moi si je vois pas Paris en ouvrant les yeux le matin, j'ai envie de me rendormir.

— *Pépé le Moko*, renchérit mon père en passant derrière moi.

Nous échangeons souvent des répliques de films. C'est une pathologie familiale. Une maladie partagée. Paris et le cinéma. Paris me manque, et j'ai beau voir le soleil et la mer, j'ai déjà envie de retrouver la morosité réconfortante de la capitale. J'allume mon téléphone. Un message de Saul. Je me mets à transpirer. Ce vieux Juif a le chic pour me faire sentir comme dans un hammam.

Don't forget Marlon...

Comment l'oublier ? Il est partout ici. Ma valise entrouverte laisse échapper des livres et des films avec sa tête partout.

Mais la sœur piaille comme une dingue.

— Gros scoop. Hier tu sais pas ce qui s'est passé ?

— Non.

— Herenui.

— Oui.

— Elle s'est fait arrêter à la douane.

Là, j'ouvre les yeux, ça m'intéresse.

— Elle avait gobé deux cachets d'ecsta.

Je secoue la tête, je lui dis doucement :

— Mais non…

— Elle voulait avoir sa montée direct en arrivant au mariage. Putain, ils lui ont coupé la chique. Elle s'est fait prendre, elle avait dix grammes de coke et cinquante cachets dans la poche, elle les avait même pas cachés, cette idiote.

— Non, dis-je en ouvrant de grands yeux, c'est terrible…

— Ouais. Super chaud. Ils la soupçonnent de s'être droguée pendant le vol. Elle a dû passer la nuit au poste. Et après…

— Quoi ?

— Les flics ont fait une descente au mariage. Ils les ont tous embarqués.

— Et toi ?

— J'étais partie, dit-elle en chuchotant, la drogue n'arrivait pas. Tu m'étonnes, bloquée à la douane…

On est allés se finir à la pointe Vénus. À l'ancienne. Bière et *paka*.

Ça me réveille d'un coup. Le père joue aux dés avec la mère en saisissant une partie de la conversation. Il est scandalisé.

— Tous ces drogués. Cette île est truffée de drogués. J'espère que vous touchez pas à ça, les filles !

— Nous ? Non, t'es fou, ça craint, jamais.

— Viens on y va, dit la sœur, on va se baigner et prendre des images.

Kaya vient d'acheter un petit caméscope HD qu'elle traîne partout avec elle. Elle continue à jouer les mannequins, mais elle voudrait faire des films.

— Il faut que je travaille.

— Arrête, tu viens d'arriver.

Le texto de Saul se mélange au café et me reste sur l'estomac. Ça y est. Je suis *fiu*.

L'une des occupations favorites sur l'île et d'en faire le tour. On tourne en rond sur la côte pendant 130 km, on s'arrête dans les districts, sur la plage, on en découvre les vallées et les lagons. C'est tout et rien, Tahiti, une minuscule île perdue dans un océan immense, bercée par la nonchalance des êtres et de la nature, un silence sépulcral.

— C'est tellement laid que ça commence à devenir intéressant, dis-je à la sœur en voyant la bananeraie rasée au profit de logements sociaux à la sortie du chemin. Si les gens savaient…

— Oh, tu vas pas commencer. Regarde plutôt le ciel qui brille et si t'as déjà vu un ciel briller comme ça ailleurs, je suis prête à me couper un doigt. Ça scintille comme une pluie de sucre glace.

On sort de la servitude et on roule jusqu'au district de Pirae. On s'arrête au magasin Hamuta, on achète un paquet de *tim tam,* les biscuits australiens de notre enfance, et ma sœur m'en fourre un dans la bouche.

— Mange et tais-toi.

— Tu sais qu'on les trouve à Paris, maintenant, mais ça n'a pas le même goût.

Puis on passe par la station, le pompiste édenté nous sourit.

— *Ia ora na !*

— *Ia ora na,* répondons-nous en chœur pour saluer à la tahitienne.

— *Ia*, la fille, t'es belle, hein !

— Merci, dis-je en m'avisant de cet engouement des hommes pour toutes les femmes ici. Ils s'arrêtent sur le chemin pour te saluer, ils t'appellent « la fille », ou « copine », te disent « *ie*, c'est gLos tes titis », voudraient te montrer leur *cocoro,* leur petit oiseau, font de grands yeux, rient aux éclats, que tu sois belle ou moche, ils sont heureux, ils te rendent hommage, après trois bouteilles de whisky, le vent tourne un peu, ça devient « mange mon *cocoro* », ils peuvent te violer et te rosser, mais il est encore tôt, ils sont inoffensifs.

— *Ia*, on va devoiL me faiLe un vaccin c'est le docteuR, ou je vais mouLiL d'amouRr.

Je souris en entendant cette construction tarabiscotée typique d'ici. On m'a mordu c'est le chien. On m'a grondé c'est la maîtresse. On m'a regardée sous la douche c'est le voisin.

Pareil, on ne répond jamais « Oui », mais « Voilà ». Ça va ? Voilà ! Tu as fait tes devoirs ? Voilà ! Je vais payer l'essence ? Voilà !

Et on agrémente le *voilà* d'un haussement ample des sourcils. Toute l'intensité de la conversation se situe dans cette région du visage.

Une bande de locaux assis en tailleur le long du chemin vend des ananas et des mangues greffées. Ils s'empiffrent de casse-croûtes hachis-frites, le plat ancestral de leurs aïeux.

En payant, on fait une razzia sur la glace, le rosé et le rhum. On entasse tout dans la glacière. On est prêtes.

— *Nana !* nous crie le pompiste en faisant de grands signes.

— *Nana !*

C'est comme ça qu'on dit au revoir, ici.

— Tour de l'île ?

— Banco.

— Par la droite ou par la gauche ?

Elle veut dire par la côte est ou ouest ? Par Punaauia ou par Arue ? La côte ouest est plus chic, il y a des lotissements luxueux dans la montagne, de belles maisons avec vue sur Moorea. La côte est

est plus sauvage, le sable y est noir et l'océan prend le pas sur le lagon. Il pleut plus que de l'autre côté. Les montagnes sont plus vertes.

— Allez, par l'ouest, on garde le meilleur pour la fin.

On s'arrête une seconde au marché de Papeete pour prendre un coco glacé. D'immenses sonos résonnent. Les vendeurs de poisson écoutent du zouk, le chant immortel de leurs ancêtres.

Je suis frappée par le nombre de clochards. Autour de la ville, bien sûr, il y en a toujours eu, des types qui déambulaient au bord de la route, les pieds sales, mais ils sont de plus en plus nombreux, on dirait des morts-vivants tatoués sur le visage, ils jouent du ukulele, ils ont le regard vide, mais pas seulement, noir aussi, ils viennent de nulle part et ne vont nulle part, ils sont là, à suivre leur chemin, sans penser. Il y a des *mahu* et des *raerae*. *Mahu* est une expression ancienne, aux origines obscures, qu'on utilise pour désigner les hommes efféminés de Tahiti. L'étymologie du mot est « esprit trompeur ». Même les premiers navigateurs en parlent dans leurs récits. On dit beaucoup de choses à leur sujet : que leur place dans la société était très importante, que chaque noble possédait son *mahu*, qu'ils étaient les confidents des femmes de haut rang et qu'ils pouvaient fournir des services sexuels aux chefs mâles. Ils étaient très respectés, auréolés d'une beauté magique. Les *raerae* hèlent les passants. C'est un peu différent. Elles se comportent et se considèrent comme des femmes. Elles se font poser des prothèses mammaires, parfois un vagin artificiel, il arrive que certaines se prostituent pour payer l'opération. Les progrès de la science ont changé leur vie. Elles ont mauvaise réputation. On dit qu'elles sont menteuses, voleuses, qu'elles passent leur temps à se droguer, mais que moyennant 5 000 francs Pacifique, une quarantaine d'euros, elles taillent les pipes les plus hallucinantes de toute la Polynésie. Elles s'appellent Tyra, Ovahai et Betsy. Elles s'appelaient Teva, Georges et Jean. Elles rêvent de devenir Miss Trans Univers. Parfois, elles finissent sur le boulevard de La Chapelle à Paris. Ici, la misère ne se cache plus et offre son visage tatoué, ses dents pourries et ses vagins médicaux aux yeux des touristes à qui il ne reste plus qu'à regarder ce monde hallucinant avec sang-froid. Adieu pittoresque, adieu exotisme. Ici, on dort dans de vieilles caisses, dans des cartons bitumés et le marché de Papeete a la poésie des zones abandonnées de la périphérie de Paris.

Je sirote mon coco glacé en retournant à la voiture. On évite une bagarre sur le parking à propos d'un combat de coqs. Les insultes fusent tous azimuts, des connards et des enculés à la sauce locale :

— *Eure, titoi !*

— *Farani Taioro,* LentRez chez vous !

Je me sens à la maison. Quand les Blancs se font traiter de *taioro* (comprendre : non circoncis, ce qui est la pire insulte à Tahiti), je sais que j'ai retrouvé mon île.

Je me laisse conduire par Kaya. En dépassant Faa'a, elle pointe son doigt vers la mer, une île est née. Un petit bout de roche sorti des eaux, comme au Japon.

— Tu sais ce qu'ils font avec ça ?

— … ?

— De la drogue.

— On fait de la drogue avec tout, ici.

— Ils synthétisent la roche volcanique. Ils appellent ça myth. Dément. Un mélange entre meth et mythe. Futé.

— Et ?

— Dément, j'te dis, t'as jamais vu ça, t'en prends avec quelqu'un et, sans parler, tu partages exactement le même rêve, ça prend en compte tous les souvenirs communs et ça forme une histoire, un rêve, comme les rêves des aborigènes d'Australie, tu sais, un truc fou, qui se transmet, bon le seul problème c'est que ça fait des taches bleues sur la peau et on dit que ça rend cannibale.

— T'es bête.

— C'est une légende, mais ils disent que Turo a bouffé le bras de Hence après en avoir pris. Tu parles, c'est son chien qui l'a chopé. Un pitbull affreux qui ressemble à Peter Lorre. Tu voudras essayer ?

— Qui en a ?

— À ton avis.

Malheureusement, si on cherchait de la drogue à Tahiti, on savait en effet qui aller voir, et ce qui, ou plutôt ce quelqu'un, je l'avais bien connu, c'était mon Premier Amour, c'était Moana, le champion de chasse sous-marine, organisateur de fêtes et DJ. Le roi de la nuit tahitienne. Si je voulais prendre du myth, il faudrait le revoir.

— On s'arrête chez Tatie ?
— Allez !
— Y aura Vaea, on va lui faire la surprise.

On gare la voiture dans la montagne, non loin de la prison *Nuutania*. Quand on était petits, on s'amusait avec les cousins à se faire peur, dans la vallée. Ne sortez pas la nuit, on va vous courir après, c'est les prisonniers, vous attraper le pied et vous manger. Ils leur donnent rien en prison, ils sont affamés, ils adorent la chair des petites filles.

Les chiens aboient. Il y en a partout. Il faut s'y faire, comme aux voitures de pompiers à New York. Des bâtards estropiés qui ont échappé à l'assassinat en règle à la naissance, dans un sac et sous les roues du camion. Au début, tu en gardes un, pour te dire que tu n'es pas un meurtrier, et puis ils pullulent, ils sont de plus en plus consanguins et laids et tu ne penses qu'à une chose : les faire piquer. Maintenant, ils sont dix à traverser la vallée, une armée de canines sauvages et de regards de repris de justice. Si seulement il y avait une fourrière, ça ferait pas de tous les locaux des tueurs de chiens. Bon, ils finiraient quand même par en tuer un ou deux, pour les manger. Ils adorent ça, surtout les chiens jaunes, et surtout dans les îles où il n'y a pas de vache. Il faut les voir les égorger vivants, ça laisse des traces, et crée des vocations de vétérinaires, ou de philanthropes, ou de tueurs en série.

La cousine sort la tête de son bungalow et crie :

— C'est pas possible, je rrêve, je rrrêve, pourrquoi t'as rrien dit ?

On s'embrasse toutes les trois dans une joyeuse danse.

— Pourquoi t'es rentrée ?

— Un contrat, un film, je te raconterai.

On passe dire bonjour à toute la famille, mais moi je ne pense qu'à une chose. Mon retour. Je peux me raconter tous les mensonges du monde. Seule la sœur sait la vérité. Pourquoi revenir maintenant ? Pour un film ? Allez, ne mens pas. OK. C'est à cause de lui. À cause de l'appel de la sœur au milieu de la nuit. Il est sorti. Il est sorti de prison. Je ne pouvais pas la laisser seule. Voilà la véritable raison de mon retour au *fenua*. Le temps était venu de faire face à la part maudite de cette île.

Après avoir payé nos hommages à toute la tribu, on reprend la voiture et on part rôder du côté de Punaauia, on s'arrête chez l'autre cousine, à Temaruata, dans la montagne, la montée est interminable. Moea se tient devant la porte, très anxieuse. Elle me prend dans ses bras. Elle chouine un peu.

— Heureusement que t'es pas venue hier. Ils m'ont embarquée moi aussi.

— Non.

— Si. Ils m'ont interrogée toute la nuit. Ils m'ont même pris une mèche de cheveux pour la faire analyser.

— Une mèche de cheveux ?

— C'est leur nouvelle technique pour tester la présence de cocaïne.

— C'est plus ce que c'était.

— On se voit demain ? Il faut que j'aille dormir un peu. Je suis *fiu*.

Elle dit ça avec un soupçon de lassitude. Je crois surtout qu'elle a sommeil.

On reprend la voiture, on dépasse Paea, on s'arrête chez Herenui. Même ambiance de fin du monde. Une sorte d'apocalypse de la fiesta, une bringue en voie d'extinction. Des hôtesses de l'air ont perdu leurs ailes, elles dorment sous le manguier, à même l'herbe. J'espérais voir Herenui, mais elle aussi doit être au poste. On reprend notre tour de l'île.

On se dirige vers Papara, on s'arrête au bord de l'eau regarder les surfeurs. On s'attaque au rhum. En arrivant à Mataiea, on n'a toujours pas parlé de l'oncle. Puis Papeari. Ça y est, la presqu'île apparaît, les paysages ont changé, le sable est de plus en plus noir, le secret aussi. J'essaie la fréquence télépathique, mais rien. Kaya est muette comme une tombe. Il suffirait d'ouvrir la bouche pour briser le silence, une simple contraction des lèvres, mais rien.

À Vairao, on s'arrête au bord de la mer, une enclave de sable blanc, casse-croûte et bouteille de rosé. On fait le point sur les ragots familiaux, Kaya imite une tante qui parle de manière excessivement précieuse avec un accent à couper au couteau.

— Elle nous saoule avec sa belle-fille. Elle n'arrête pas de dire : « Elle me chicane sans cesse, *Ia*, elle n'aRrête jamais de me chicaner, cette petite », nous on sait pas exactement ce qu'elle veut dire, mais ça a l'air de l'énerver.

— Je l'aime bien, tatie, quand même, elle a pas de chance.

— Tu crois pas si bien dire, tu sais que Manutahi est en hôpital psychiatrique… Il se lavait cent fois par jour et, un matin, il a menacé sa copine de la tuer parce qu'elle s'était mise au lit avec les pieds sales, c'est là qu'ils ont compris qu'il avait un problème.

— Quelle famille !

Mais le vrai secret familial, on l'enterre.

On remonte en voiture jusqu'à Teahupoo, l'un des spots de surf les plus réputés au monde. On regarde les surfeurs, il y a une compétition, c'est le Billabong

Pro, Kaya va embrasser ses copains, j'en reconnais deux ou trois. Ils boivent tous du Coca zéro, le nectar immortel de leurs ancêtres. Je n'ai jamais été très branchée surfeurs, même ado, je trouvais toujours un moyen de les éviter, eux et leur idée fixe, la vague, le rouleau, le récif, la sensation. Une vague parfaite qui les entourerait comme un halo et les porterait aux cieux, direction le paradis des surfeurs, une plage sans galets ni corail.

— Je suis fatiguée, viens, on continue.

On passe devant des églises, une adventiste, puis une pentecôtiste, des temples, des témoins de Jéhovah. Il y en a pour tous les goûts. Jamais on n'aura vu pires affamés de nourritures divines. Est-ce un résidu de leur passé polythéiste ? Les Tahitiens adorent croire, quel que soit le visage que le créateur puisse prendre ; l'idée qu'il existe des forces régissant l'univers et d'avoir à les honorer les réjouit. Ils sont prêts à s'investir dans n'importe quelle croyance avec le zèle du converti. Comment cette île, qui avait résisté aux grandes religions jusqu'au XIXe siècle, avait-elle pu se vautrer autant dans la fange monothéiste ? Et avec quelle ferveur ! Bien sûr, la première chose que les Européens firent en la découvrant, ce fut d'y envoyer des missions successives jusqu'à ce que les notions de faute, de honte se soient incrustées durablement, remplaçant les chants et les danses, les offrandes aux *tiki*, les légendes locales. Les dieux sont morts et, pour ne pas mourir de leur mort, Tahiti en a trouvé d'autres à vénérer. L'île est trouée d'églises et de lieux de culte. Le dimanche, les mamas s'habillent en blanc, mettent des chapeaux et y vont de leurs chants et de leur gospel tahitien, petite rétribution à la liesse mondiale des adeptes de Dieu. La voix du prêtre s'est alliée à la voix du vent, et à la voix du récif, pour former une nouvelle Trinité. Les Tahitiens ont tout oublié, les temps d'autrefois, les parlers anciens, qui racontaient la naissance des mondes et l'éclosion des étoiles. Les Tahitiens sont sans mémoire. La colonisation ne les a pas exterminés, elle s'est contentée de les priver de leurs récits et d'en substituer d'autres. Les légendes meurent en entraînant ceux qui les ont créées.

Le décalage horaire commence à me taper sur le crâne, à moins que ce ne soit le rosé. Départ pour Tautira, Pueu, Taravao, la seule grande ville de la presqu'île.

On arrive en territoire ennemi. On passe à Faaone devant la maison des grands-parents, Kaya ralentit sans même s'en rendre compte. C'est ici que l'oncle vivait, dans une cabane en bois au fond du jardin. Je ne suis jamais retournée dans la maison. Je vois la pirogue, la carcasse de pirogue dans le jardin, une épave de bateau.

Là aussi, rien de plus facile que d'ouvrir la bouche et d'en faire sortir des sons. N'importe lesquels. Mais Kaya accélère et je regarde la ligne de cocotiers courir au bord de la route.

On remonte la côte est, la route est en bord de mer, le sable est noir, beaucoup de haute mer, quelques bouts de récifs et de lagon, Taaone, Mahaena, Hitiaa, Tiarei, Papenoo, et Mahina à nouveau. Nous retrouvons notre pointe Vénus après le premier tour de l'île, le tour rituel de chacune de nos arrivées, une manière de se réapproprier le territoire, de se rendre compte qu'à mesure qu'il s'industrialise, il trouve des subterfuges pour demeurer sauvage. Je suis ici depuis à peine un jour et déjà le décor me colle à la peau. Une verdure sombre, piquée de fleurs multicolores, le sable noir, l'eau couleur d'onyx, les odeurs, les bruits, je suis cernée d'une matière molle et chaude dans laquelle je m'englue. Notre placenta.

— Tu ne trouves pas que c'est le plus bel endroit du monde ? me demande Kaya en rinçant ses pieds sous le tuyau du jardin.

Je me contente de sourire. Comment lui dire que je déteste cette île parce que je la sens entrer à chaque minute un peu plus sous ma peau ? Que c'est trop beau, justement ? Que ce n'est pas qu'un paysage, mais une musique, un tableau, un poème, un monde qui enveloppe et qu'on ne veut plus quitter ?

4.

Je sais peu de choses de Brando, mais j'ai une certitude. Il aurait détesté l'idée de ce film. Haïssant et le cinéma et les acteurs à commencer par lui-même, l'entreprise lui aurait semblé révoltante. Seulement, il n'a plus son mot à dire. Et il ferait mieux de se réjouir. Grâce au cinéma, il est possible d'avoir une deuxième vie de pellicule. Il y a un film après la mort.

Bien sûr, l'immortalité par le cinéma a un prix. Pour avoir son nom en haut de l'affiche une fois mort, il faut s'être illustré, c'est là que ça se corse. En bien ou en mal. Cumuler les singularités. Par exemple : avoir été peintre + avoir été pauvre et incompris + s'être coupé l'oreille + adorer les tournesols. Il faut aussi ne pas être trop tatillon sur l'exactitude des faits. Encore faut-il qu'on ne vous colle pas n'importe quel réalisateur sur le dos et que le scénariste qui écrit votre vie ne soit pas en plein trip d'acide. Toute coïncidence entre le film et la réalité pourrait s'avérer purement fortuite. On ne sort pas indemne de la mort, et encore moins de la postérité.

Joshua Logan, réalisateur de *Sayonara* confie, à Truman Capote : « Marlon est la personne la plus excitante que j'aie rencontrée depuis Garbo. Un génie. Mais je ne sais pas comment il est. Je ne sais rien de lui. »

« Ne me posez pas de questions. Si vous voulez savoir qui je suis, allez voir mes films. » Brando à la presse.

Je malaxe ma matière première, une quarantaine de films, des chefs-d'œuvre et des navets, des livres, des rapports de police, des autobiographies de ses femmes successives, pour tenter de percer le mystère Brando.

J'ai de graves scrupules à propos de cette entreprise. Elle me semble caduque à la base. Et fragile au sommet. Peut-on jamais approcher la vérité d'un homme ?

Disons-le une bonne fois pour toutes. L'idée même d'un film biographique est sujette à caution. Comment cerner Brando ? Ce salaud. Ce grand acteur. Ce père épouvantable. Cet enfant qui ramassait sa mère alcoolique. Cette diva capricieuse. Cet obèse. Cette icône.

Mettons que j'aie tort. Mettons que l'essence humaine existe et qu'on puisse la trouver, que l'essence comme le point G ne soient pas des mirages, qu'ils soient quelque part enfouis, qu'à force de gratter, lire, se renseigner, se familiariser, entretenir un rapport d'intimité, on pense atteindre au noyau, mettons que tous mes scrupules soient infondés, le problème avec le scénario, c'est qu'une fois qu'on a trouvé cette essence, on peut s'asseoir dessus. Car l'écriture ne répond qu'à ses propres exigences. Comprenez : si la vérité n'est pas suffisamment dramatique, elle dégage. Si elle ne correspond pas aux attentes des producteurs, elle se transforme. La vérité devient aléatoire, elle tourne avec le vent. Le scénario a sa propre intériorité. C'est celle-ci qu'un scénariste doit trouver.

À mesure que je me penche sur la trajectoire de Marlon, je réalise qu'étant la contradiction incarnée, il est la quintessence même du personnage.

Mais moi dans tout ça ? Je ne suis rien ni personne, je suis à peu près sûre que les dernières vingt-quatre images à la seconde où j'interviendrai seront celles qui précéderont ma mort, personne ne se manifestant pour prolonger mon existence sur la pellicule. À la dernière seconde, je verrai vingt-quatre images et puis plus rien. Je suis persuadée de ne pas mériter de film, d'être un personnage médiocre évoluant dans un environnement étroit, aux pensées courtes et au cœur ratatiné, et, pourtant, le voyage doit continuer.

5.

Kaya est partie ce matin pour Bora Bora. Ma moitié fait la campagne publicitaire d'une marque de maillots de bain australienne. Pendant mon absence, je n'avais pas réalisé qu'elle était devenue la mannequin star locale. 50 000 fans sur Facebook, plus de 100 000 followers sur Instagram, les jeunes filles qui l'arrêtent chez Carrefour pour savoir comment faire carrière, les calendriers pour la bière locale, les campagnes de pub pour des marques étrangères. C'est une affaire qui roule. Elle s'est mise à la vidéo. Des trucs gays expérimentaux. De beaux paysages. Elle me dit qu'un jour, elle aimerait tourner une chose que j'aurais écrite. En attendant, elle passe le plus clair de son temps à Bora Bora, l'île paradisiaque par excellence, le poumon de tous les mythes. Elle voulait que je l'accompagne mais, vu la fréquence et la virulence des messages de Saul, je me mets au travail.

Je reprends le scénario là où je l'avais laissé. Avec Tarita.

Elle est née le 30 décembre 1941 à Bora Bora. L'Europe est en guerre. Comme elle le dit, Tarita fait le travail, le ménage, s'occupe de la vanille entre son père tahitien et sa mère chinoise. Rien ne la prédispose à savoir qu'ailleurs, c'est le sang, la guerre, les camps de concentration, que quelque part sur la Terre, Marlon Brando a seize ans et qu'il est malmené par ses parents alcooliques. Elle part pour Tahiti rejoindre sa sœur aînée. C'est la liberté. Elle danse et travaille à l'hôtel des Tropiques où vont débarquer les équipes de la MGM.

Une fois que Marlon a jeté son dévolu sur elle, les choses se compliquent :

BUREAU DE M. BALWYN - PAPEETE - INT. JOUR

M. Baldwyn est le responsable de production de la MGM. Il reçoit Tarita dans son bureau.

M. BALDWYN

Tarita, c'est toi qui vas jouer le rôle de Maimiti !

TARITA

Moi ? Mais comment je jouerais Maimiti ? Je connais pas, je sais pas c'est quoi sa vie ! Pourquoi je peux pas rester dans la danse ?

M. BALDWYN

Voici le contrat. Comme tu n'es pas majeure, il faut que tes parents signent.

TARITA

Peut-être mon papa il veut pas signer.

M. BALDWYN

Et pourquoi il voudrait pas ? Tu vas devenir actrice, voyager, gagner de l'argent…

TARITA

(éclatant de rire)

Mais il s'en fiche de l'argent, il est pas comme toi.

MAISON DE TARITA - INT. JOUR

Les parents de Tarita sont venus de Bora Bora exprès pour le contrat. Ce sont des gens extrêmement simples pour lesquels Tahiti ressemble à une mégalopole. Ils sont perdus.

PÈRE DE TARITA

Nous, on veut pas signer le contrat.

TARITA

Vous croyez que j'ai envie revenir à Bora Bora, et toute ma vie faire le travail à la maison, m'occuper le café et la vanille ? Non, j'ai pas envie. Là-bas, à Bora Bora, les gens y s'ennuient, y a rien du tout pour les amuser, pas le cinéma, pas les voitures, pas les magasins. Moi je veux pas la vie comme ça.

MÈRE DE TARITA

Mais les gens là-bas, dans l'Amérique, tu connais pas, Tarita. Tu connais pas.

TARITA

Je m'en fiche, j'ai pas peur, je veux partir !

PÈRE DE TARITA

Tu sais pas les choses, Tarita. Nous, on veut pas signer toi tu partes là-bas. Après, toute ta vie tu vas pleurer, et il sera trop tard. Jamais tu pourras revenir ici, à Tahiti.

TARITA

C'est ma vie, c'est pas la vôtre. Ici, y a pas le travail, y a pas l'argent. Ici, y a rien du tout d'abord. Il faut signer, sinon toutes les années je penserai : par la faute de mes parents j'ai raté ma chance.

Les parents signent.

HÔTEL DES TROPIQUES - EXT. JOUR

Pendant le tournage des *Révoltés*.
Toute l'équipe rit et s'amuse entre les prises.
Tarita reste cachée, à l'écart des acteurs.
Brando rôde.

MARLON

Pourquoi tu restes là, toute seule, enfermée, pourquoi tu viens pas t'amuser ?

TARITA

Je suis bien là toute seule !

MARLON

Ah ! Tu es bien là toute seule…

Tarita fait seulement oui de la tête et Marlon part dans un grand éclat de rire.

J'ai l'impression d'avoir beaucoup travaillé. Quand les cousines me proposent un billet GP pour aller rejoindre Kaya à Bora Bora, j'accepte. Les billets GP sont des privilèges octroyés aux proches du personnel travaillant pour des compagnies aériennes. Ainsi, les meilleurs partis à Tahiti ne sont pas les énarques ou les ingénieurs, mais les stewards et les hôtesses de l'air. On part pour Bora Bora juste le temps du week-end. C'est la *Hawaiki nui va'a.* La grande course de pirogues. Tout le monde sera là-bas. C'est d'accord. Et puis j'ai un prétexte, c'est l'île natale de Tarita. J'irai trouver l'inspiration.

C'est parti la cousinade, ici on dit, c'est *reva.*

Le trajet est court, même pas une heure d'avion.

On arrive à Vaitape et on prend la navette pour l'île principale. La mer est claire. Transparente. Kaya nous attend sur le quai dans une Jeep. On s'arrête faire le plein à la station. Le Chinois assis à côté de la pompe à essence nous regarde.

— Toi, tu es née sous la lune noire et ta sœur sous la pleine lune.

Kaya me dit de laisser tomber, c'est un arnaqueur de première, il veut juste nous embobiner pour qu'on change la chambre à air.

C'est une drôle de vie ici, il y a l'île principale et autour des *motu*, des petits îlots avec des hôtels de luxe. Le tout ressemble à un gros caillou du tiers-monde serti de diamants. On se croirait dans un film de science-fiction. Les pauvres restent sur l'île, les riches vont sur les îlots. Les chiens crèvent au bord de la route.

Les gens font le tour de l'île à scooter ou à vélo. Ils sont obèses, ont les cheveux décolorés. Un *raerae* passe. Il a une maladie de peau qui le défigure, une robe sale et des écouteurs sur les oreilles. Il tapine et mendie. Il a dû se faire rosser cette nuit.

On s'arrête devant un manège au bord de la mer. Un petit carrousel ridicule comme celui de la rue des Martyrs à Paris. Kaya me dit que les gens se retrouvent là, le soir, ils mettent leurs enfants sur les éléphants et se regardent en souriant. Ils sont contents, ils se croient à Disneyland.

On fait un arrêt au magasin Chin Lee. Il n'y a que des estropiés ou des fous. Le plus svelte pèse 95 kg. On achète quatre bouteilles de rosé, une bouteille de rhum et de la glace pour remplir la glacière.

On doit aller sur un *motu* pour suivre l'arrivée de la course. Les pirogues viennent de Raiatea, une île d'à côté. On commence à boire. La fatigue m'engourdit. Kaya filme avec son petit Caméscope.

On n'a pas de bateau pour rejoindre le *motu*. Heureusement, Vaea connaît tous les pêcheurs de l'île. Marona nous attend sur son bateau. Il est venu accompagné de ses quatre pitbulls et de ses deux dobermans. Honey, Scoubidou, Karma, Tribord. Marona est veuf. Il vit seul sur son *motu* et va chez sa mamie sur l'île pour se ravitailler. Ses enfants vivent aux États-Unis. C'est peut-être pour ça que ses chiens ne comprennent que l'anglais.

— Honey, *come !* Tribord, *shark !*

Les chiens hurlent à la mort. Ils ont des cicatrices à force de pêcher plus gros qu'eux.

— *Ia,* je les aime mes chiens, à chaque fois je les vois, c'est le bonheuL, ils m'ont coûté cheRr en vétéLinaiRe, mais j'ai payé, je les ai récupérés dans un sale état, ils se faisaient battre, je les ai soignés, Karma a un cancer de la peau, mais je paierai n'importe quoi pour elle. La nuit, je dors avec mes six chiens dans un grand lit. Mon seul pLoblème, c'est quand Scoubidou attaque les dobermans, je suis obligé de l'assommer là, deRrière la tête, j'aime pas, *ia,* j'aime pas, mais y a rien d'autre à faire, *pai,* c'est un pitbull, quand il moRd, il lâche plus. Maintenant je laisse un bâton dans la maison pouL qu'il se souvienne. Si l'envie lui pLend d'attaquer mon dobeRman, je lui montRe le bâton…

On arrive sur le *motu*. Il y a déjà des dizaines de bateaux qui attendent l'arrivée. On retrouve des copains un peu partout. On ouvre le rosé.

Les premières pirogues commencent à apparaître. On a fini le rhum. Le soleil tape très fort. Je mets un *pareo* autour de ma tête.

Le défilé des *va'a* se poursuit. Des canots en bois creusé, stabilisés par un balancier. Des hommes munis de rames, protégés du soleil par des casquettes et des tee-shirts. Le spectacle est magnifique. Je comprends la fascination de Marlon pour ces êtres musclés, riant dans l'effort, se donnant du courage en chantant. Gouttes d'eau sur corps brûlants. La Polynésie est bel et bien un paradis.

Marona vient nous voir.

— Je reviendrai vous chercher demain pour vous ramener à la navette. Faites attention. Il fait chaud. Cette année, c'est une année cyclone. Je le vois dans le ciel.

On s'allonge sur le sable. Le plus beau mec de l'île fait un feu. On mange du *puatoro*, corned-beef en boîte avec des *beans*. C'est mauvais, mais ça nous rappelle notre enfance. On s'allonge sur le sable et j'ouvre mon sac. J'ai des dizaines d'appels en absence de Saul. Et un message que je crains d'ouvrir.

CHEYENNE, SKYPE !!!

Le message de Saul est clair comme le ciel ce soir. Limpide. J'ignorais qu'il savait faire des majuscules, encore moins qu'il avait téléchargé Skype, voire qu'il était en mesure de télécharger quoi que ce soit. Et comment sait-il ce que télécharger veut dire, d'ailleurs ???

Moi aussi je peux mettre plusieurs points d'interrogation, Saul. Pour qui vous prenez-vous ? Je dois dire que passé la colère, je suis très admirative de vos progrès niveau téléphone. C'est tout à fait impressionnant. Cependant, vous ne m'en voudrez pas si je reste indifférente à la prouesse et mets mon portable sur silencieux. La nuit est splendide et je voudrais profiter des étoiles.

6.

De retour à Tahiti, je me remets au travail. Il faut comprendre comment Tarita cède. C'est lorsqu'elle quitte son île qu'elle devient la proie de Brando. C'est sur son territoire qu'il gagnera la bataille, mais la petite sauvage livrera une lutte enragée avant de s'abandonner à la star. Je devrais mettre bout à bout des scènes espacées dans le temps, sans transition. C'est ainsi que leur histoire s'est construite. Je devrais rendre compte de la violence de leur première entrevue intime à Los Angeles, dans une chambre d'hôtel, qui ressemble à un film de cape et poignard.

En effet, Tarita quitte Tahiti pour tourner des scènes en studio à Los Angeles. Elle s'envole pour la première fois à bord d'un petit avion privé de la MGM avec le producteur, Lewis Milestone, ses assistants, Léo Langomazino et le prédateur Brando. Dans sa chambre de l'hôtel Bel Air, Brando ne va pas tarder à faire une entrée fracassante. Tarita est seule.

Il s'approche, pose ses mains sur elle. Mais Tarita lui envoie son bras en travers du visage, crie, l'insulte. Ils se battent. Tous les meubles volent. Ils se battent encore plus fort. Mais, au lieu de s'en aller, Marlon s'allonge sur le lit et s'endort. Déjà, il fait preuve d'une brutalité qu'il ne cessera d'employer durant son histoire avec Tarita. Ensuite, il ne la lâchera plus, la suivra jusqu'à ce qu'elle accepte de dormir chez lui :

LOS ANGELES - MAISON DE MARLON - INT. NUIT

MARLON

Tu restes dormir ?

TARITA

Je veux bien.

MARLON

Attends, je vais t'enlever ta robe.

TARITA

Non, tu touches pas à ma robe, tu me touches pas, j'ai dit je veux bien dormir avec toi, mais c'est tout.

MARLON

Tarita, t'es folle, tu vas pas dormir tout habillée.

TARITA

```
Tu touches pas à ma robe ou je
te tape.
```

MARLON

```
T'es cinglée !
```

TARITA

```
Oui, je suis cinglée. Je m'en
fiche de ce que tu penses.
```

Et, en effet, Tarita garde sa robe pendant six mois. Son corps est la forteresse la mieux gardée de tout Hollywood.

Quand elle l'enlève enfin, dans la grande maison de Brando sur Mulholland Drive, Tarita est amoureuse. Elle aime déjà tout de lui – détachement, beauté, marmonnements, silences, interdiction de dire des mots tendres. Elle veut, et je cite, lui donner pour toujours son corps et son âme. Tout un programme.

Je ne peux pas écrire ces scènes telles qu'elles se sont déroulées. Les producteurs américains me feraient un procès. Je dois rendre les choses plus douces, plus *soft*, plus *date* à l'américaine.

Une belle scène à l'eau de rose qui condenserait ces mois de séduction en une seule et unique nuit, sous la lune américaine :

LOS ANGELES - HÔTEL BEL AIR - INT. SOIR

Marlon se gare devant l'hôtel.
Il est sur son trente et un.
Il sourit et chantonne.
La standardiste l'accueille avec un grand sourire.

STANDARDISTE

Bonsoir, monsieur Brando. *How can I help ?*

MARLON

Pourriez-vous informer Miss Tarita Teriipaia que je l'attends ?

STANDARDISTE

Mais bien sûr, monsieur Brando, vous pouvez vous asseoir.

Tarita arrive, rayonnante, habillée à la mode américaine, mais portant une fleur dans les cheveux.
Marlon se lève et l'embrasse sur la joue.

MARLON

Tu sens bon, Tarita, une vraie fleur des îles.

LOS ANGELES - RESTAURANT MUSSO & FRANK - INT. NUIT

Un dîner romantique.
Marlon et Tarita sont au centre de tous les regards, mais ils y sont indifférents.
Ce soir, personne d'autre n'existe.

MARLON

Je suis content qu'on puisse enfin faire connaissance en dehors du plateau. Ce n'est pas trop difficile d'être loin de Tahiti ?

TARITA

Je pense beaucoup à ma famille, mais je suis contente d'être ici, jouer, rencontrer tous ces gens, voir ces belles voitures.

MARLON

Tu sais, tu ne devrais pas rester à l'hôtel, tu devrais venir t'installer à la maison. Il y a toujours du monde, on ne s'ennuie jamais. Et… On pourrait être tous les deux.

TARITA

Arrête, Marlon, tu dis ça à toutes les filles, tu crois je les vois pas te tourner autour.

MARLON

(riant)

Mais elles sont transparentes comparées à toi, ma fleur des îles.

LOS ANGELES - MAISON DE MARLON - INT. NUIT

Marlon s'approche de Tarita pour sentir la fleur dans ses cheveux. Il fait courir ses

baisers dans son cou et laisse tomber sa robe sur ses épaules.
Il porte Tarita jusque dans son lit.
Elle se laisse faire.
Il s'embrassent.
La robe gît au sol.

En réalité, l'amour, du moins du côté de Brando, ne survit pas à la nuit. Il disparaît avec des femmes pendant le tournage. Tarita découvre la jalousie. Elle a beau se plaindre, leur vie prend un nouveau tour. Un sale tour. Marlon est là, puis il disparaît. Marlon aime Tarita, puis il ne l'aime plus. Marlon veut un bébé tahitien, puis il n'en veut plus. Tarita veut faire du cinéma, mais Marlon l'en empêche. Il s'arrange pour faire annuler son contrat dans un autre film :

LOS ANGELES - MAISON DE MARLON - INT. JOUR

Marlon parle à Tarita sur un ton qui n'admet aucune contradiction.

MARLON

Le cinéma n'est pas fait pour les Tahitiens. Les Tahitiens sont heureux à Tahiti, loin du cinéma et d'Hollywood, cette ville épouvantable, où rien n'est vrai, où rien n'est beau. Tu dois retourner à Tahiti, tu dois oublier Hollywood. Le cinéma, c'est bon pour les Américains, ces gens complètement dénaturés qui ont massacré les Indiens d'Amérique

> et refusent, aujourd'hui encore, l'égalité avec les Noirs. Les Tahitiens sont rares et précieux, ils ne doivent pas tomber sous le joug américain, ils ne doivent pas se laisser contaminer par la culture de l'argent et des paillettes. Tu sais que je ne fais pas confiance à ces gens qui font des films, et que je n'aime pas l'idée que tu passes ton temps avec ces gens qui vont tenter de te faire l'amour.

Cette scène est importante car elle met le doigt sur un des traits les plus importants de la personnalité de Brando : il méprise Hollywood. Il tient Tahiti pour un paradis qu'il faut préserver du diable. Dans son esprit, Tarita est un fragment de ce paradis.

« Vénus est ici la déesse de l'hospitalité, son culte n'y admet point de mystère, et chaque jouissance est une fête pour la nation. » Louis-Antoine de Bougainville, navigateur et explorateur français.

« Les Tahitiens peuvent boire, faire la fête, baiser, dormir, boire, faire la fête, baiser toute la nuit. Moi je ne peux pas. » Marlon Brando, star hollywoodienne.

Eh oui, le paradis est lié au sexe.

Et ce soir, les maîtres du jouir vont s'emparer du décor. Une grande fête est organisée au Blue Banana, un haut lieu de la nuit tahitienne, un restaurant en bord de mer à Punaauia. Ici, les restaurants portent le nom de fruits colorés. La Banane Bleue, le Pink Coconut, la Yellow Papaya. C'est Moana, le Premier Amour, l'organisateur de fête, le champion de chasse sous-marine, le DJ, qui s'en occupe. Comme Brando avait raison. Comme le sexe fait plaisir aux gens d'ici. Comme il les rend gais.

— C'est vendredi soir, crie la sœur et cette annonce claque comme un coup de vent sur le paravent en bambou.

— Et ?

— Habille-toi, on va manger chez le Chinois avec les parents et on va au Blue Banana.

On se fait un canard pékinois. Le père se plaint de l'épaisseur des crêpes. La mère verse le vin dans les verres. La discussion porte sur l'indemnisation des victimes des essais nucléaires. Le père est scandalisé, l'un de ses amis, qui plongeait dans les eaux contaminées du centre d'expérimentation du Pacifique, vient de mourir.

— Vous vous rendez compte ? Ils refusent de considérer son cas parce que les cancers dont il était atteint ne figurent pas sur la liste de la loi Morin.

— C'est vRRaiment gLave, le pauvRe.

— Cancer de la thyroïde : oui, cancer de la gorge : non. Quelle honte pour la France !

— Oui, papa, une honte.

On avale tout et on file.

On arrive à Punaauia. Il y a plein de tables dehors. Tout le monde est là. Les cousines, les amis, les amies, les taties, les tontons. Festival d'embrassades. Ça fait longtemps. Qu'est-ce que tu fais là ? Tu sais qui mixe ce soir ? La jumelle cherche du myth. Pas ce soir. Mais il y a de la MDMA, des ecstas, de la coke. Classique. On sniffe tout dans les toilettes.

— Va le voir, regarde, il te cherche des yeux.

La sœur renchérit :

— Oui, va au moins lui dire bonjour.

OK, je m'avance vers les platines et le Premier Amour est là. Ses pupilles sont dilatées. Je lui dis :

— Tes pupilles sont dilatées.

— Les tiennes aussi.

Il me serre dans ses bras. Je me laisse faire.

— T'es là et tu me dis rien ?

Je bois dans sa bouteille de vodka. Il rit. Il me touche partout.

— Arrête.

Je me mêle à la foule. Je danse en fermant les yeux. La MDMA commence à faire son effet. La sœur vient me chercher.

Je ne sais pas où on va. On prend la voiture jusqu'à l'université.

— Et si on se fait choper par les flics ?

— Ils sont plus bourrés que nous.

J'avais oublié qu'ici, les gens s'en tamponnent. T'as beau leur dire : arrêtez de conduire ivres, votre permis vous sera enlevé immédiatement, ils n'en ont rien à foutre. Tout se fait dans la plus sereine impunité.

— Où on est ? demandé-je.

— Aucune idée.

On est dans la maison d'une cousine éloignée. Une villa avec piscine et vue sur Moorea. On se connaît mal, mais on s'embrasse comme si on avait grandi ensemble. On se tape sur les fesses, on se fait des clins d'œil, je ne vois rien venir, dans la maison les lumières sont éteintes, c'est la fiesta à gogo. Les gens boivent du champagne. Une beauté est assise à califourchon sur une autre de mes cousines. Ça se roule des pelles. Mais la MDMA m'a coupé la libido. Je regarde autour de moi, j'ai surtout envie de serrer un objet dur entre les doigts, et je me gratte le bras.

— Tu veux faiRe l'amouL ? me demande l'hôte.

— Pas tout de suite, merci.

Et là, qui vois-je sur le bar en train de caresser sauvagement une fille ? Le Premier Amour. Il rit, il dit :

— Bien sûr, tu vas croire que je passe ma vie en partouze.

— Non, je crois rien, je constate, c'est tout.

On s'amuse, on boit beaucoup. De temps en temps, la beauté se colle à moi et m'embrasse. J'ai la bouche pâteuse, plus de salive, ça ne m'intéresse pas tant que ça, alors je serre son poignet et je lui gratte le dos.

Si Saul était là, il dirait qu'il y a deux sortes de partouzeurs : ceux qui participent et ceux qui regardent. J'ajouterais une catégorie. Ceux qui s'endorment. J'en fais partie.

J'écoute néanmoins dans mon sommeil. Les gens demandent :

— Pourquoi vous n'êtes plus ensemble ? Vous avez l'air de bien vous entendre.

— On était des enfants. Mais je pense à elle tous les jours. Quand je me réveille, c'est son visage que je vois. Quand je m'endors, j'entends son rire. Elle est partie et je la pleure chaque jour.

Je souris dans mon sommeil. On n'en sort donc jamais ? L'amour, c'est comme les terres australes, il faut être le premier sinon ça ne sert à rien. On passe sa vie à courir après son Premier Amour. Naviguer encore et encore jusqu'à la première conquête. Rejouer cette partie, *ad nauseam*.

Pendant ce temps-là, la sœur disparaît avec une fille. Un jeune Tahitienne aux longs cheveux noirs. Inconnue au bataillon. Quel est son premier amour, à elle ? Quel est le premier amour d'une enfant que la brutalité a privée d'enfance ? Comment entre-t-on dans l'amour avec un pareil faux départ ?

La fête dure toute la nuit. Jusqu'à ce que les effets de la drogue se dissipent et qu'une envie monumentale de pleurer me serre la gorge. C'est la MDMA, ça rend sentimental. Le soleil s'est à présent bien installé sur l'île et une journée piscine se prépare. Les filles se mettent en maillot et sortent leurs lunettes de soleil. Je ne pense qu'à rentrer. Le Premier Amour me demande :

— Tu veux que je te ramène ? T'es toujours aussi sensible. Toujours prête à pleurer pour rien. T'es infernale, après tu me fous le cafard. Allez viens, je te raccompagne. Ils m'ont retiré mon permis, mais tant pis, il est huit heures, ils croiront qu'on est allés déposer nos gosses à l'école.

Devant le portail, il m'embrasse sur le front.

— Souvent, dit-il, je ferme les yeux et je m'imagine dans votre salon, on est tous ensemble, on regarde un film en noir et blanc, *Une nuit à l'opéra* ou *To Be or Not to Be*, tu me tiens la main et je suis heureux. Viens déjeuner à la maison. Si maman apprend que t'es là et que tu l'as pas appelée, elle va faire un scandale.

Je passe par la terrasse, mais, manque de pot, les parents jouent au dés.

— Tu viens d'arriver et tu découches ?

— T'auRais pu pLévenir, dit la mère, on s'est inquiétés.

La descente est sévère.

— Tiens, de l'ananas, me dit la sœur, ça va aider. C'est sucré, c'est frais, vas-y, tu pourras rien manger pendant trois jours *anyway*.

Elle ne ment pas. La descente est en pente sèche. Elle est infecte, cette MDMA.

— Elle était coupée. Tout est coupé ici. Tout est dégueu. La prochaine fois, il faut qu'on trouve du myth.

On passe sa vie à courir après son premier amour. Mais mon premier amour est à côté de moi.

Mon premier amour est ma sœur.

7.

Je me réveille avec une gueule de bois qui ne me quitte plus. Le téléphone fixe de la maison n'arrête pas de sonner. Les parents ne sont pas là. Je me déplace péniblement pour répondre. Une voix sortie des enfers hurle au bout du monde. Il faudrait plus que des majuscules pour rendre son énervement.

— CHEYENNE, VOUS ÊTES IMPOSSIBLE, IRRESPONSABLE, NE PAS RÉPONDRE…

Je le sens qui crache dans le combiné.

— Saul, pardon, ça capte très mal ici.

— Arrêtez de vous foutre de moi, on n'est plus au temps des antennes paraboliques.

— Ne criez pas, vous seriez fier de moi, j'ai profité de mon isolement pour travailler. J'ai fait une magnifique chronologie.

— Vous vous croyez au CP ? J'ai l'air d'être votre maîtresse d'école ?

— Je suis à deux doigts de finir la première partie.

— La date de rendu, c'était hier.

— Ce soir, Saul, c'est promis, mais ne criez pas, ça inhibe ma créativité.

Il me raccroche au nez. Je respire.

Le téléphone sonne à nouveau.

— Vous savez depuis combien de temps vous êtes partie ?

— Je ne sais pas. Une semaine ?

— Une semaine, vous vous foutez de moi ? Ça fait presque deux mois.

— On perd la notion du temps, ici. Tous les jours se ressemblent.

— Premier tiers du scénario dans mes e-mails demain matin, première heure.

— Attendez, avec le décalage horaire, ça fait quoi ? Dernière heure ?

— Vous avez intérêt à être bien avancée, ma chère amie, ou vous allez entendre parler de moi.

Il raccroche. Il ne rappelle pas, cette fois-ci.

J'ai l'impression d'être Blanche DuBois dans *Un tramway nommé Désir*, et que Stanley Kowalski vient de me crier dessus. J'ai envie de m'enrouler dans une fourrure blanche pour penser à mon mari mort en battant des cils. Je suis peut-être un peu bouleversée. Je suis plus vraisemblablement *fiu*.

Avançons.

Le point majeur de la personnalité de Brando, c'est donc sa versatilité, son inconséquence, son imprévisibilité. Tarita découvre qu'elle est enceinte. Elle veut avorter, mais Marlon l'en empêche. Il est heureux.

Il veut ce bébé tahitien. Mais, brusquement, il change d'avis. Il ne veut plus cet enfant. Il a peur que ça rende les choses encore plus compliquées pour obtenir la garde de son fils aîné, Christian.

MAISON DE MARLON - MULHOLLAND DRIVE - INT. JOUR

Dispute violente entre Marlon et Tarita.

MARLON

C'est même pas l'enfant que tu veux, c'est mon argent ! C'est mon nom !

TARITA

Ton enfant et ton nom, j'en ai rien à faire, je vais repartir à Tahiti avec mon bébé et tu n'entendras plus jamais parler de nous. Je veux pas un sou de toi, je veux rien du tout d'un homme comme toi !

MARLON

C'est ça, repars à Tahiti, mais ne va pas dire là-bas que je suis le père de cet enfant. Tu m'entends bien, Tarita, je ne suis pas le père de cet enfant !

Vous me direz, ce ne sont que des mots. Que ne dit-on pas sous le coup de la colère ? On vendrait sa mère pour un croissant, on troquerait son père contre un chien d'aveugle. Mais Marlon persiste et emploie tous les moyens de son répertoire pour que Tarita ne garde pas l'enfant. Intimidation directe ou interposée, humiliation publique ou privée, il ne recule devant rien. Pourtant Tarita tient bon : Je m'en fiche de Marlon, qu'il aille se faire avorter lui-même. Au moment de l'accouchement, Marlon ne fera même pas le déplacement, il enverra une lettre : *Ma cher petite Tarootua, Tout d'abord je t'embrasse bien fort et le petite chose, là, que nous avons fait. Je suis tellement fier de toi. Comme j'ai regretté que je ne peux pas être avec toi pour t'aider et tenir ta main à ce moment-là. Tu as fait une belle chose, la plus belle chose qu'une femme peut faire. Je suis très heureux. Ça m'étonne que quand tu as accouché il a été si vite. Une demi-heure, Léo m'a dit. Est-ce qu'il me ressemble ? Qu'est-ce qu'il a comme yeux, cheveux, peau ? J'espère qu'il a ton couleur parce que tu sais que j'aime pas les blancs Tahitiens. Je suis tellement anxieux pour le voir. Il faut que tu m'envoies une jolie photo de lui. Est-ce qu'il a les yeux chinois ? S'il vous plaît, dis-moi la note pour la maternité et toutes les dépenses, je vais t'envoyer de l'argent pour tout ça. Je vais arriver vers le 14 juillet. Le moment que je finis mon travail, j'arriverai. Je veux que cette lettre arrive avec l'avion, jeudi, et c'est mieux que je m'arrête maintenant pour être sûr. Tarita, tu es vraiment la Reine maintenant. Tu es avec moi, en mes pensées toujours, avec le petit bébé. Je vais te voir bientôt maintenant. Je t'embrasse tendrement, j'ai adoré ta lettre. Tout mon amour, à toi et lui.*

Marlon

PS : Alice t'embrasse et tout le monde est heureux.

Peut-être qu'il joue, que son émotion est feinte, que, s'il y a là-dedans quelque sincérité, c'est celle d'un éternel enfant gâté.

Marlon ne reconnaît pas Teihotu, mais ses mots tendres rappellent qu'il n'est peut-être pas qu'un monstre. C'est émouvant, son français est émouvant. Ce sont d'ailleurs les deux seuls moments où il est humain, avec ses enfants et à Tahiti. Tiens, pour les producteurs américains, je vais le rendre franchement sympathique. L'occasion fait le larron :

```
TAHITI - MATERNITÉ - INT. JOUR

Tarita porte son nouveau-né dans ses bras.
Elle lui donne le sein.
Soudain, la porte de sa chambre s'ouvre.
C'est Marlon.
Les yeux de Tarita s'illuminent.

                 TARITA
        Marlon ! Tu es venu…

                 MARLON
        Bien sûr, ma fleur des îles,
        je n'aurais manqué ça pour rien
        au monde.

                 TARITA
        Regarde le beau bébé qu'on a
        fait.

Marlon prend l'enfant dans ses bras.
Ses larmes coulent.
```

MARLON

Tu es vraiment la Reine, maintenant, Tarita.

Les scènes qui suivent sont difficiles à négocier. Marlon fait venir Tarita, il est content, puis il est indifférent. Depuis la naissance de Teihotu, il ne la touche plus. Il ne la touchera d'ailleurs plus jamais. Plus de sexe. Fini. Fin du film. Ça va être dur à montrer. Encore plus dur à faire avaler. Et pourtant. Il n'utilise plus le corps de femme de Tarita. Alors elle trouve un *tane*. C'est un beau demi. Il s'appelle René. Elle le dit à Marlon qui débarque à Tahiti et loue une maison voisine de la sienne. Il s'affiche avec des femmes, mais surtout, il la surveille :

MAISON DE TARITA - TAHITI - INT. SOIR

Marlon attend Tarita dans son salon. Tarita est surprise de le trouver chez elle.

MARLON

D'où tu viens ?

TARITA

J'étais au cinéma.

MARLON

Avec ce type ?

TARITA

Avec René, oui. On en a parlé, Marlon, je vis maintenant plus ou moins avec lui.

MARLON

T'as pas le droit de faire ça !

TARITA

Marlon !

Marlon se précipite sur elle. Il la tire par les cheveux, coups de pied, de poing, il l'attache, la fouette.
Il s'empare du fusil de pêche qui traîne dans l'entrée et le pointe sur elle.
Un instant, on pourrait croire qu'il va tirer.
Il l'abandonne en sang.

La scène est décrite comme telle dans l'autobiographie de Tarita, le fusil de pêche, les menaces, le sang. Une telle violence est difficile à imaginer. Cela dit, il y a au moins deux films dans lesquels Marlon pose un regard de fou sur les femmes, un regard de tueur capable de s'emparer d'un fusil de pêche et de faire rôtir une femelle à la pointe de son arme.

Dans *Reflets dans un œil d'or*, l'adaptation par John Huston du livre de Carson McCullers, Brando en mari frustré d'Elizabeth Taylor s'exclame après qu'elle s'est déshabillée devant lui : « Je te tuerai, je le jure, je le ferai, je te tuerai. » Réponse cinglante de Taylor, pas le moins du monde effrayée par son homosexuel refoulé de mari : « Fiston, est-ce qu'une femme nue t'a déjà pris au collet, traîné dans la rue et traité de tous les noms ? » Tarita n'avait pas cette repartie.

Et dans *La Comtesse de Hong Kong*, une prétendue comédie de Chaplin où Brando laisse malgré tout éclater un grain de folie. Dans l'une des scènes, il se met à courir derrière Sophia Loren qui s'est clandestinement cachée dans sa cabine pour rejoindre les États-Unis. Avec quelle gravité, quelle dureté lui court-il après dans ce qui devait être une scène de comédie pure, comique de geste à la Charlie Chaplin qui devient scène d'épouvante avec Brando, le tueur de femmes.

Je ne peux pas mettre la scène du fusil dans le film. Il serait illico interdit aux moins de dix-huit ans. Je déchire ce que je viens d'écrire. Je peux essayer de mettre en scène la jalousie de Brando. En douceur.

MAISON DE TARITA - TAHITI - INT. SOIR

Marlon attend Tarita dans son salon.
Tarita est surprise de le trouver chez elle.

MARLON

D'où tu viens ?

TARITA

J'étais au cinéma.

MARLON

Avec ce type ?

TARITA

Avec René, oui. On en a parlé, Marlon, je vis maintenant plus ou moins avec lui.

MARLON

Je n'aime pas ça.

TARITA

Ce n'est pas toi qui décides.

MARLON

Mon fils est la chose la plus précieuse au monde pour moi, tu le sais, je ne laisserai personne d'autre l'élever.

TARITA

René ne l'élève pas, il vit juste avec nous.

MARLON

C'est déjà trop. Si tu ne mets pas un terme à cette histoire, je vais te reprendre Teihotu. Il viendra vivre avec moi à Los Angeles, et tu pourras vivre avec ton René.

C'est plus digeste. Quoi qu'il arrive, c'est le moment d'insérer une scène de la vie conjugale qui illustre le bonheur vécu par Brando à Tahiti :

TETIAROA - CABANE AU BORD DE LA MER - INT. JOUR

Marlon s'endort entre Tarita et Teihotu.
Au réveil, Teihotu grimpe sur son papa, met ses petits doigts dans ses yeux, dans sa bouche, dans son nez, et Marlon le laisse faire.
Et puis il se lève, il cherche ses appareils de plongée, son masque, son fusil, et il part dans le lagon.
Teihotu le suit des yeux et, chaque fois que la tête de Marlon sort de l'eau, il crie :

TEIHOTU

Papa ! Papa !

Marlon ressort de l'eau avec trois ou quatre poissons sur son épaule.
Tarita a fait un feu.
Ils mangent les poissons grillés sur le sable, comme une vraie famille tahitienne.

Ce qu'il faut montrer, c'est que Marlon poursuit le rêve d'une vie différente. Il n'est plus le même homme à Tahiti. En particulier parce que les Tahitiens se fichent de sa notoriété. Et c'est ce qu'il aime. Dans un interview à Larry King, il dira « *The Tahitians don't give a shit who you are. They tease you so much, you have to get rid of your ego...* » Voilà ce que recherchait Marlon, être délivré de son ego, être mis à nu.

TAHITI - AU BORD DE LA ROUTE - EXT. SOIR

Le pneu de la voiture de Marlon crève.

Il ne sait pas changer une roue.
Deux Tahitiens s'arrêtent avec leur Vespa.
Ils ne le regardent pas, ils ne savent pas qui il est.
Ils changent la roue.

TAHITIEN

Maintenant tu peux repartir.

MARLON

Merci ! Merci !

TAHITIEN

OK, *nana* !

Mais la vie secrète de Marlon à Tahiti va bientôt éclater en plein jour. Une année à Paris, Marlon et Tarita dansent sur la scène du palais de Chaillot à l'occasion d'un gala organisé par l'Unicef. Les journaux en font leurs gros titres. La vie cachée de Marlon Brando est révélée. La presse s'empare du scoop. Marlon Brando a un fils caché.

Pour ne rien arranger, Tarita rencontre un homme : Jacques. Il est comédien. Elle découvre le bonheur calme. Elle accepte de le suivre en France. Mais Jacques boit. Il joue au poker. Un soir, Marlon refait surface :

PARIS, APPARTEMENT DE JACQUES AVENUE HOCHE - INT. JOUR

Tarita est avec Jacques dans le salon quand le téléphone sonne.

MARLON (OFF)

Tarita ! Qu'est-ce que tu fais là ? Tu n'as pas honte abandonner le bébé ?

TARITA

Marlon, je n'ai pas abandonné Teihotu, il est à Bora Bora.

MARLON (OFF)

Je veux que tu reviennes t'occuper le bébé.

TARITA

Je ne suis plus seule, Marlon. J'ai un homme dans ma vie, j'habite à Paris…

MARLON

Je veux que tu reviennes ici, à Tahiti, t'occuper le bébé.

TARITA

Je vais bientôt revenir chercher Teihotu.

MARLON

Non, tu prends pas le bébé.

TARITA

Marlon, cet enfant…

MARLON

Je veux pas te parler dans le téléphone, je vais te parler là-bas, à Tahiti.

Tarita raccroche, elle découvre Jacques effondré sur le canapé.

JACQUES

Comment ose-t-il t'appeler chez moi ?

TARITA

Chez le président de la République, il m'appellerait !

JACQUES

Est-ce que tu l'aimes encore, Marlon ? Et qu'est-ce que ça t'a fait d'entendre sa voix ? Et pourquoi tu ne lui as pas raccroché au nez si tu l'aimes plus ? Et si tu retournes à Tahiti et qu'il veut te voir, qu'est-ce que tu vas faire ?

TARITA

Tu ne me fais pas confiance ? Pourquoi tu me poses toutes ces questions ? On dirait que Marlon il te fait peur… Au lieu de penser à lui, tu ferais mieux de penser à nous… À qu'est-ce ça va être notre vie à tous les deux, avec Teihotu bientôt. Moi je t'aime, Jacques, j'ai pas envie que tu me parles toute la nuit de Marlon.

C'est assez simple, selon ses propres aveux, Tarita essaie d'échapper à la vie avec Marlon et elle n'a pas d'autre rempart contre lui que Jacques. Mais c'est compter sans le pouvoir de persuasion et d'inertie de Brando. Tarita doit retourner à Tahiti pour s'occuper de son père devenu aveugle. On sonne à la porte. C'est Marlon avec ses deux fils aînés, Christian et Miko. Il l'empêche de partir et s'installe là pour former une vraie famille. Il propose qu'elle vienne avec Teihotu à Los Angeles. L'espoir renaît.

Aux États-Unis, Marlon lui annonce une nouvelle, il veut un bébé. Tu sais, j'ai pensé une chose, Tarita, je crois je veux un autre bébé de toi… Marlon veut une petite fille et devenir ainsi un vrai papa tahitien. Tarita réfléchit quelques jours et accepte la proposition. Mais comment fabriquer ce bébé alors qu'ils ne font plus l'amour ? Marlon a réfléchi à tout, il a pris rendez-vous chez un spécialiste. L'enfant sera conçu par insémination artificielle.

Mais comment faire croire un truc pareil ? Le sex-symbol Brando va jouir dans une éprouvette ?

LOS ANGELES - MAISON DE MARLON - EXT. JOUR

MARLON

Tu sais, j'ai pensé une chose, Tarita, je crois je veux un autre bébé de toi…

TARITA

Qu'est-ce que tu as dit, Marlon ?

MARLON

Quoi ?

TARITA

Là, tout de suite, qu'est-ce que tu as dit ?

MARLON

J'ai dit je veux un autre bébé de toi. Une petite fille. Je veux une petite fille de toi, Tarita. Avec ce bébé, je vais devenir un vrai papa tahitien, et toi, ma chérie, tu seras la Reine.

TARITA

(après un moment de réflexion)

D'accord, je veux bien le bébé.

Marlon saute de joie, prend Tarita dans les bras et la déshabille.
Ils font l'amour à l'endroit où ils se trouvent, entre la chambre et le salon.

L'enfant naît. Encore une fois, Marlon n'assiste pas à la naissance. En revanche, il forcera toute la famille à participer à un rituel atypique, alors que la petite fille a quatre mois. Marlon s'est engagé, sa vie durant, pour défendre la cause des opprimés, notamment celle des Indiens d'Amérique et ce lien indéfectible avec ce peuple s'est matérialisé ainsi :

WASHINGTON - SALLE DE CONFÉRENCE - INT. JOUR

Marlon attend Tarita qui est avec Teihotu et qui porte un bébé de quatre mois dans ses bras.
Il y a une foule impressionnante, des Indiens, une assemblée immense.
C'est un dîner de gala.
Tarita regarde autour d'elle. Elle n'y comprend rien.
Les tables sont disposées en U, Marlon préside, entouré des chefs indiens.
Il s'approche de Tarita, prend la petite fille dans ses bras. Il la brandit face aux chefs.

MARLON

Je vous demande la permission
de baptiser ma fille Cheyenne.

Tonnerre d'applaudissements dans la salle.
Tarita ne comprend pas.

Marlon Brando n'a pas eu de palme d'or, mais il a reçu deux fois l'oscar du meilleur acteur. La première, pour son rôle de Terry Malloy dans *Sur les quais* d'Elia Kazan. En allant récupérer sa statuette, il bégaie : « C'est beaucoup plus lourd que ce que j'imaginais. » Puis : « Euh, merci, euh, merci beaucoup, euh… » Il pose enfin pour les photographes, souriant, ravi, à côté de Bette Davis dont l'alignement des dents rappelle qu'il y a eu un temps avant celui de l'orthodontie généralisée.

La seconde fois, c'était pour celui de Don Corleone dans *Le Parrain*. *« And the winner is... Marlon*

Brando ! » Nous sommes le 27 mars 1972, Liv Ullmann prononce ces mots. Il ne s'est pas rendu à la cérémonie, préférant envoyer Sacheen Littlefeather pour qu'elle refuse l'oscar à sa place, protestant ainsi contre la façon dont les Indiens d'Amérique étaient représentés dans le cinéma. Elle était habillée comme une princesse apache en robe de daim et bijoux de turquoise. Manque de bol, l'Indienne n'était pas indienne. La presse révèle dès le lendemain que Littlefeather s'appelle en réalité Maria Cruz et qu'elle est mexicaine. Elle avait même remporté le titre de Miss Vampire America en 1970.

Brando a une longue série d'histoires avec des Indiennes présumées. Et une Indienne peut ne pas uniquement cacher une Mexicaine, elle peut aussi cacher une Galloise. Anna Kashfi, sa première épouse, supposée indienne, pas d'Amérique, mais d'Inde, originaire du Darjeeling était en fait une héritière de la branche O'Callaghan du pays de Galles. Brando s'est bien vengé. Il l'a rendue folle. Est-ce la raison pour laquelle il finit par reconnaître ses enfants tahitiens ?

LOS ANGELES - MAISON DE MARLON - INT. JOUR

Marlon est avec Tarita, Teihotu et Cheyenne qui a trois ans.

MARLON

Ça y est ! Les formalités sont finies. Voilà ! Maintenant ils portent mon nom : Brando !

TARITA

Marlon, ils portent aussi le mien. Ils s'appellent Teriipaia-Brando.

MARLON

Non, je veux pas mon nom soit le deuxième. Ils s'appellent Brando, c'est tout.

TARITA

Marlon, j'ai été la première à reconnaître les enfants, tu n'effaces pas mon nom comme ça, il reste le premier.

MARLON

C'est pas beau Teriipaia.

TARITA

Et tu crois Brando c'est plus joli ? Moi, je m'en fiche qu'ils s'appellent Brando, mes enfants, je t'ai jamais rien demandé.

MARLON

(bougon)

Tête en fer... Tu es une vraie tête en fer, Tarita...

Marlon s'en va dans son bureau et claque la porte.

Voilà. Le vrai surnom que Marlon donnait à Tarita n'était pas « fleur des îles », mais « tête en fer ». Je dirais que j'ai fini le premier tiers du film. Sur une note métallique, mais à peu près gaie. Je traduis et j'envoie le document à Saul. Je prie pour qu'il ne sache plus lire, ou que l'Acteur ait une nouvelle lubie. Michael Jackson, Edward Hopper, Alechinsky ou Humphrey Bogart. N'importe qui, que je puisse quitter cette île.

Je suis *fiu*, lessivée, je n'en sais pas plus sur Brando qu'il y a un an. Je viens de fomenter un beau mensonge. Menteuse ! C'est marqué au fer rouge sur mon front. Je suis *fiu* à un point qui dépasse l'entendement d'un Tahitien. Je suis *fiu* à la manière de la métropole. Je suis désespérée.

III

D'où vient Marlon ?
Qui est Marlon ? Où va Marlon ?

1.

— Allô, Cheyenne ? Je commence par la bonne ou la mauvaise nouvelle ?

La voix de Saul me réchauffe le cœur.

— La mauvaise.

— Ils sont contents. Ils viennent pour l'ouverture du Brando, le nouvel hôtel de luxe à Tetiaroa. L'Acteur sera là. Les Américains, Longjumeau et les autres producteurs français aussi.

— Parce qu'il y en a d'autres ?

— Une demi-douzaine.

— Et vous Saul ? Vous viendrez ?

— Hors de question, j'ai bien trop à faire à Paris. Et je n'approche plus les aéroports. Allez *so long*, jeune fille.

— Attendez ! Vous ne m'avez pas dit la bonne.

— Vous avez un mois pour finir la première version du scénario.

— Un mois ?

— Vous n'aviez qu'à pas traîner autant. Je compte sur vous.

— Vous prenez un risque.

— Le directeur de production sera sur place. Vous pourrez discuter.

— Attendez ! Vous ne m'avez pas dit ce que vous pensez de ce que j'ai écrit.

— Il y a deux sortes de personnes, Cheyenne. Ceux qui font n'importe quoi et espèrent obtenir l'assentiment général et ceux qui font n'importe quoi et attendent de se faire taper dessus.

— Je ne comprends pas.

— Je ne vous donnerai ni l'une ni l'autre de ces satisfactions.

— Mais...

— Mettez-vous au boulot. Rendez-moi fier.

Saul me manque.

D'où venons-nous ? Que sommes nous ? Où allons-nous ? Je ne vire pas lyrique, je vous vois d'ici avec votre air inquiet, on a perdu Cheyenne, on la retrouvera à moitié nue dans une secte, à faire la danse de la pluie pour gagner au Loto. Je ne fais que citer le titre à rallonge d'un des tableaux les plus célèbres de Gauguin. Un truc monumental de presque quatre mètres de long qu'il a peint à Tahiti. Un truc censé représenter le cycle et le sens de la vie. Rien que ça ! Il avait juré de mettre fin à ses jours après l'achèvement de cette peinture, il considérait que c'était un chef-d'œuvre grandiose et l'apogée de sa pensée. C'est un sacrément beau tableau. Il se lit de droite à gauche. Il y a un groupe de trois femmes avec un enfant qui représentent le début de la vie, le milieu du tableau symbolise l'existence quotidienne des jeunes adultes et, dans le dernier groupe, une vieille femme approche de la mort. À l'arrière-plan, une idole bleue représente l'au-delà. C'est un tableau mystérieux à l'ambition démesurée. Eh bien, je me sens proche de Gauguin, je me sens moi aussi, à l'aube de créer un chef-d'œuvre plus restreint, non pas sur le sens de l'existence en général mais sur celui de Marlon Brando.

Cela étant dit, il fait beaucoup trop chaud ici pour faire un chef-d'œuvre. On ne le répétera jamais assez. À Tahiti, il fait une chaleur de bête, humide et étouffante. Autant dire que la scène la plus célèbre du *Dernier Tango à Paris* où Brando encule la malheureuse Maria Schneider avec du beurre, n'aurait pas pu être tournée ici. Le beurre aurait fondu. Il y aurait eu incident technique. La Schneider n'aurait pas été prise par surprise, elle aurait piqué un fou rire, la scène mythique aurait été comique. Pas de traumatismes et pas de légende de tournage. Tout le monde se serait retourné dans la salle en fronçant les sourcils. À Tahiti, le beurre fond. Et Marlon l'a bien compris :

PAPEETE - DEVANT LE CINÉMA - EXT. JOUR

Marlon et Tarita se promènent en ville. Ils passent devant le cinéma où il y a une affiche du dernier film de Marlon : *Le Dernier Tango à Paris*.

MARLON

Tarita, je veux pas tu regardes ce film, je t'interdis, jamais tu verras ce film. Et les enfants aussi, je les interdis.

TARITA

Oui, Marlon, on fera comme tu as décidé.

Pourquoi Marlon interdit-il à Tarita de voir le film de Bertolucci ?

Bien sûr, il y a la scène du beurre. Mais pas que. Le film raconte la relation morbide d'un homme et d'une femme qui ignorent tout l'un de l'autre. Dans la première scène, Brando marche sous le pont de Bir-Hakeim, le métro aérien passe, il se bouche les oreilles, ferme les yeux, pousse un cri déchirant. Ça donne le ton. Ensuite, Maria Schneider et Brando se tortureront pendant deux heures, et Bertolucci triturera les psychés malades de ses personnages et de ses acteurs. Il dira à Brando : « Parlons de nous – de nos vies, de nos amours, de nos expériences sexuelles. C'est tout ça, le sujet du film. »

Résultat des courses, le film a plongé tout le monde en grosse déprime. Il faut dire que les personnages disent des choses sinistres. Brando à Schneider : « Nous sommes tous seuls avant de regarder dans le trou du cul de la mort. »

Voilà, ils sont allés loin, très loin.

Pour certains, pas assez loin. Par exemple, Norman Mailer se lamente que Brando et Schneider n'aient pas réellement baisé durant le tournage : « Si la bite de Marlon avait vraiment fourré le vagin de Schneider, l'histoire du cinéma aurait fait un immense pas vers l'expérience absolue qu'elle nous a promise depuis ses origines : incarner la vie. »

Le film n'a peut-être pas incarné la vie, mais il a laissé tous les acteurs chamboulés. Maria Schneider fume de plus en plus de joints. Et même notre inaltérable Brando confiera : « Jamais plus je ne ferai de film comme celui-là. Pour la première fois de ma vie, j'ai ressenti la violation de ma personnalité la plus intime. Il faut que ce soit la dernière fois. »

Autant de raisons d'empêcher Tarita de voir ce film.

Autant de raisons de penser que, pour écrire un film, il faut s'enfoncer en soi et dans les autres. Au risque d'en sortir épuisé.

Deeper and deeper.

Christian Marquand l'a dit : « Quarante ans d'expérience de Marlon transparaissent dans ce film. C'est Marlon qui parle de lui-même. De ses relations avec sa mère, son père, ses enfants, ses amours, ses amis – il y a tout cela dans sa parfaite interprétation de Paul. » Voilà pourquoi le film est si bouleversant.

Parce que Brando se laisse aller à l'improvisation durant de longs monologues nostalgiques qui évoquent une enfance à la ferme, un père alcoolique, une mère toujours ivre. Brando prête au personnage de Paul son propre passé.

Je dois faire la même chose avec mes personnages. Saul a raison, si je ne parle pas de moi à travers ce scénario, je ne vais aboutir à rien.

Je dois attaquer la séquence Cheyenne, mon homonyme et la fille de Brando, la protagoniste principale d'un des meurtres les plus célèbres d'Hollywood.

Je ne ferai pas l'impasse dessus.

Je ne peux pas. N'en déplaise aux producteurs.

Voici le drame :

Le 16 mai 1990, dans la villa familiale de Mulholland Drive à Los Angeles, Christian, le fils aîné que Brando avait eu avec sa première épouse Anna Kashfi, tue Dag Drollet, le compagnon de sa demi-sœur Cheyenne. Il utilise le pistolet familial. Une balle dans la tête à bout portant. Pour sa défense, Christian dit que Dag battait sa sœur et qu'il n'avait pas l'intention de le tuer. Il voulait juste lui faire peur. Qu'il laisse Cheyenne tranquille. En plus, Cheyenne est enceinte. Manque de bol, le coup est parti. Christian est condamné à dix ans de prison. Cheyenne, qui n'était déjà pas la moitié d'une dépressive, s'enfonce dans le malheur et après plusieurs tentatives de suicide, elle réussit son coup par pendaison le 16 avril 1995, laissant Tuki, son fils de cinq ans, orphelin. Kaya et moi fêtions ce jour-là nos dix ans. On a attendu la fin de la journée pour nous annoncer la mort de Cheyenne. L'autre Cheyenne. Depuis, les parents regrettent un peu de m'avoir donné ce prénom.

Voilà l'histoire telle que tout le monde la connaît à Tahiti. Le drame Brando. Sans entrer dans les détails…

Si j'avais du courage, j'écrirais le début de mon film ainsi :

FADE IN : GÉNÉRIQUE - LOS ANGELES - EXT. NUIT

Plan séquence.
Une route dans les collines de Los Angeles.
Les lettres géantes « HOLLYWOOD ».
Un panneau « Mulholland Drive ».
La caméra s'arrête devant une grande demeure.
À l'entrée apparaît le nom du propriétaire : Marlon Brando.
Un coup de feu retentit.

MAISON DE MARLON BRANDO, LOS ANGELES - INT. NUIT

La caméra entre dans la maison.
Un jeune homme est assis sur le canapé, au milieu du salon.
Le sang coule sur sa tempe.
C'est Dag Drollet.
Il est mort.
Les sirènes de la LAPD émergent du silence.

CRÉDIT TITRE : BRANDO AU PARADIS

Cette magnifique scène inaugurale va m'être jetée au visage par les producteurs. Dommage. Au contraire, il va falloir que je raconte la dégradation progressive de la personnalité de Cheyenne.

Cheyenne est une enfant aux traits angéliques, au regard noir et profond, comme son père.

Mais très vite, elle change :

```
TAHITI - MAISON DE TARITA - INT. JOUR

La famille est réunie autour de la table.
Cheyenne est adolescente.
Elle a un accès de colère et gifle sa sœur,
Maimiti.
Tarita essaie de les séparer. Cheyenne les
insulte, hurle.

                    TARITA
          (effarée)
      Cheyenne ! Arrête ! Tu deviens
      folle !
```

Adolescente, elle part rendre visite à son père à Los Angeles. Marlon se montre soit affectueux, soit indifférent. Il lui achète des cadeaux, il refuse de payer ses frais d'éducation. Noir, blanc, chaud, froid, il se comporte avec sa fille comme avec toutes les femmes.

Cheyenne passe peu à peu du côté obscur. Ses addictions à la drogue n'aident pas. Les provocations de son père non plus. Marlon adopte Petra, la fille de sa secrétaire, pour se venger de Tarita et de Maimiti, la fille qu'elle a eue avec un autre. Confrontée à sa nouvelle sœur, Cheyenne devient folle.

En mai 1987, elle rencontre Dag Drollet, vingt-trois ans, dans un boîte de nuit au bord du lagon. Leur relation devient passionnelle. Disputes, cris et jalousie. Après, c'est la chute. Elle devient violente, frappe sa mère, a des accès de rage, se drogue.

PAPEETE - SUR UN TROTTOIR - EXT. JOUR

Cheyenne est assise par terre, en proie aux effets de la drogue.
Tarita arrive en voiture.

CHEYENNE

J'ai mal, je ne peux plus marcher.

TARITA

Pourquoi tu n'es pas à l'école ?

CHEYENNE

Dag m'a battue.

TARITA

Comment a-t-il pu te battre alors que tu étais à l'école ?

CHEYENNE

Je suis sortie, il est venu, il m'a frappée…

TARITA

Cheyenne, qu'est-ce que c'est que cette histoire ? Qu'est-ce que tu fais avec Dag ? Explique-moi, ma chérie ! Je t'en supplie !

CHEYENNE

J'ai rien à t'expliquer !

TAHITI - MAISON DE TARITA - INT. NUIT

Dag, le petit ami de Cheyenne, vient la chercher.
Tarita en profite pour parler de sa fille.

TARITA

Qu'est-ce qui s'est passé avec cheyenne, Dag ? pourquoi elle est devenue comme ça d'un seul coup ? On dit que vous prenez de la drogue tous les deux. Explique-moi, j'ai besoin de comprendre...

DAG

On a fumé ensemble, et on a pris des choses plus fortes et ensuite Cheyenne n'a plus pu s'en passer. J'ai eu peur. J'ai essayé de la sevrer, mais elle est devenue violente. Elle m'a frappé. Alors moi aussi, pour qu'elle se calme, je l'ai frappée...

En août 1989, pour changer, Cheyenne et Dag se disputent. Sur le coup de la colère, Cheyenne saute dans une voiture et :

ROUTE TAHITI - VOITURE - INT./EXT. JOUR

Cheyenne n'est pas dans son état normal. Elle est extrêmement agitée et pleure.

```
Elle quitte la route et dévale un ravin avant
de s'écraser contre un arbre.
```

Le verdict est sans appel : Mâchoire brisée, une oreille arrachée, le visage fracassé. Marlon la fait venir à Los Angeles pour qu'elle se fasse opérer. Les chirurgiens californiens réparent son visage avec sept plaques de métal. Le visage de Cheyenne est sauvé. « Oui, mais son âme ? » demande Tarita.

```
LOS ANGELES - CLINIQUE - INT. JOUR

Trois jours après l'accident. Marlon est
au chevet de Cheyenne, avec Tarita, Dag,
Teihotu, et ses deux sœurs.
Cheyenne est défigurée.

                    CHEYENNE
          (suppliante)
      Papa et maman, cette nuit, je
      voudrais que vous dormiez là,
      tous les deux, à côté de moi…
```

2.

L'appel d'un des frères de la mère résonne dans la maison du bord de mer. Elle change de couleur. Ça y est, il est sorti de prison. La date tant redoutée est arrivée. Les matons lui ont rendu son short de surf et son canif de sculpteur, il est libre. Il peut aller rejoindre la grand-mère à Faaone. Il est libre de recommencer.

La libération de l'oncle laisse tout le monde sur le carreau du réel.

KO technique.

Les souvenirs reconstruits, augmentés, importés du viol transpirent par tous mes pores. Nous n'en avons toujours pas parlé avec Kaya. Pourtant ça y est, il est retourné vivre à la presqu'île chez notre grand-mère. Il a repris possession des lieux. Il est à nouveau en liberté. L'homme à la peau de serpent est de retour.

Si je n'affronte pas le réel, je dois au moins affronter la fiction, mon double de fiction.

En 1989, Cheyenne tombe enceinte. Elle est incontrôlable et imprévisible. Elle gifle les personnes qu'elle croise. Mais Marlon ne s'inquiète pas. Ma fille n'est pas malade. Quant à Dag, il est lui-même accusé de meurtre après avoir renversé un petit garçon et l'avoir tué alors qu'il était sous l'emprise de l'alcool.

Marlon veut que Cheyenne accouche à Los Angeles et fait venir toute la famille dans sa demeure.

Quand il apprend que sa demi-sœur est en ville, Christian l'invite à dîner chez Musso & Frank. Que se disent-ils ? Probablement que Dag est violent. Il me bat, dit Cheyenne, en plus je suis enceinte, il bat sa compagne enceinte. Il va finir par me tuer et tuer le bébé. Je n'en sais rien, pour tout dire, entre les dépositions de Christian et les déclarations folles de Cheyenne, je préfère me raccrocher aux descriptions de Tarita.

LOS ANGELES - MAISON DE MARLON - INT. JOUR

Cheyenne est enceinte de sept mois.
En proie à une grande agitation, elle décroche le combiné du téléphone et appelle sa mère.

TARITA (OFF)

Qu'est-ce qui ne va pas, ma chérie ? Essaie de m'expliquer.

CHEYENNE

Je ne sais pas, viens, ne me laisse pas toute seule.

TARITA (OFF)

Tu n'es pas toute seule, Cheyenne. Il y a ton papa, il y a Dag... Tu étais tellement contente de partir !

CHEYENNE

J'ai peur, ne me laisse pas.

TARITA (OFF)

Bon, alors je vais venir ma chérie, calme-toi.

LOS ANGELES - MAISON DE MARLON, SALON - INT. SOIR

Cheyenne et Christian s'apprêtent à sortir dîner. Cheyenne est agitée, elle vient de se disputer avec Dag.
Tarita prend Christian à part.

TARITA

Christian, vous ne devriez pas sortir. Elle est complètement imprévisible. Elle peut aussi bien se lever et aller gifler une personne qui dîne à la table voisine, tu ne te rends pas compte.

CHRISTIAN

Ne te fais pas de souci, *mam*, ça ira très bien.

TARITA

Non, écoute-moi !

CHRISTIAN

J'ai entendu, mais Cheyenne est ravie, tu vois bien, ça ne peut pas lui faire de mal…

Cheyenne et Christian partent ensemble. Tarita les regarde s'éloigner, inquiète.

RESTAURANT MUSSO & FRANK - INT. SOIR

Le frère et la sœur sont attablés. Christian boit beaucoup. Cheyenne se confie à voix basse.

CHEYENNE

Tu sais qu'il me bat ? Ce salaud me bat alors que je suis enceinte.

CHRISTIAN

Il quoi ?

CHEYENNE

Dag me frappe, j'ai peur pour mon bébé.

CHRISTIAN

(plus fort)

Tu crois que je vais laisser faire sans rien dire ?

CHEYENNE

Chut !

CHRISTIAN

(criant)

Je vais lui parler, moi. On verra s'il te touche encore après ça !

MAISON DE MARLON, SALON - INT. NUIT

Dag est assis sur le canapé.
Il regarde la télévision en se roulant un joint.
Christian arrive vers lui, comme un dément, un pistolet à la main.
Il pointe l'arme sur la tête de Dag.

CHRISTIAN

Tu frappes Cheyenne, espèce de trou du cul ? Tu crois vraiment que tu peux toucher à ma sœur ?

DAG

Calme-toi, Christian, tu sais très bien que Cheyenne est folle.

CHRISTIAN

Je t'interdis de toucher un cheveu de ma sœur. Essaie un peu, maintenant !

Ils se battent. Dag se précipite sur l'arme, mais un coup part.
Il est projeté en arrière sur le canapé.

MAISON DE MARLON, CHAMBRE ET SALON - INT. NUIT

Tarita est réveillée par la détonation de l'arme.

Elle arrive dans le salon et trouve Cheyenne tapie dans un coin.

TARITA

Mais qu'est-ce que tu fais là ? Pourquoi tu te caches ? C'est quoi cette odeur ?

CHEYENNE

Faut pas entrer maman. Faut pas allumer…

TARITA

Pourquoi ? Qu'est-ce que tu as fait brûler ?

CHEYENNE

Faut pas entrer, pas aller…

Tarita pousse Cheyenne et trouve Dag sur le canapé, à demi allongé, dans le noir devant la télévision.

TARITA

Dag, qu'est-ce qui se passe ? C'est toi qui as fait brûler quelque chose ? Dag ! Réponds-moi s'il te plaît…

Dag demeure immobile. Tarita voit une tache de sang. Elle se penche, le saisit à bras-le-corps, le secoue comme une folle.

TARITA

Dag ! Réveille-toi !

Tarita va jusque dans la chambre de Marlon. Elle découvre Christian en pleine discussion avec son père.

```
                    TARITA
      Appelez un docteur ! Appelez un
      docteur !

                    MARLON
      Tarita, tais-toi ! Tais-toi, par
      pitié !
Tarita perd connaissance.
```

Que s'est-il donc passé dans la maison de Mulholland Drive ? Les inspecteurs stagnent. Ils ne retrouvent pas la balle. Ils sont complètement sous le charme de Brando. Cheyenne est incohérente. D'abord elle accuse son frère de meurtre de sang-froid puis dit le contraire. Une question : qui a tiré ? Cheyenne ? Marlon ? Christian ? On n'en sait rien. L'enquête n'est pas réalisée selon les règles de l'art : scène du crime non sécurisée, meubles et tapis allègrement déplacés par Brando, rapport de police classifié, résultats de l'autopsie non communiqués. Mais écrire, c'est prendre parti. C'est décider. Favoriser un angle de vue. J'étais bien obligée de jouer l'homicide involontaire. Il n'y a pourtant aucune trace de lutte. Dag ne s'est pas défendu et ne s'est pas trouvé miraculeusement sur le chemin de la balle qui lui a enlevé la vie. Mais ce serait trop difficile de mettre en scène un meurtre de sang-froid. Misons plutôt sur un mélange d'alcool, de violence et de drogues. De jalousies incestueuses et d'hystérie hollywoodienne.

Christian est incarcéré.

Marlon hypothèque sa maison et paie la caution de Christian.

Christian plaide coupable pour éviter la condamnation à perpétuité pour meurtre avec préméditation.

Il est défendu par Robert Shapiro, avocat qui deviendra célèbre en faisant acquitter O.J. Simpson. Le procès débute en janvier 1991, sous les feux des projecteurs.

3.

Je me réveille en sursaut d'un cauchemar où Cheyenne est venue me visiter. Tu as volé ma vie. Tu as volé mon nom. Tu es une voleuse et une menteuse. Tu devrais prendre ma place au cimetière. On verra si tu es meilleure que moi. Et tu crois connaître Marlon ? C'est mon père, Marlon, mon papa, toi tu n'es la fille de personne. Rien. À la niche. Enroule cette corde autour de ton cou. On verra si tu fais encore la maligne. Du grand spectacle, tu veux, alors saute !

J'ai du mal à respirer, je ne sais plus où je suis, je regarde l'océan, les bambous, la mère pourchasse des moustiques à coups de raquette électrique.

— Maman ! dis-je en gémissant, je ne me sens pas bien.

Elle ne lève même pas le nez.

— C'est noRRmal aussi, tu ne fais Rien depuis que tu es là, tu n'es même pas venue une fois maLcher avec moi dans la montagne.

— Je suis *fiu*, maman.

— *Aue*, *fiu* de vous voir *fiu*, si t'aRRêtais de te plaindLe aussi et que tu faisais du spoRt, tu seRais moins *fiu*.

Ma mère considère que le sport est le remède à toutes les formes de déprime. Il n'existe aucun vague à l'âme qu'un bon bol d'air ne sache terrasser. De la même manière, les maux de gorge, d'oreilles, de dents se soignent tous invariablement grâce au citron vert ou au *mono'i* chauffé.

— Mais, maman, j'ai envie de vomir, j'ai des vertiges.

— Je vais faiRRe chauffer du *mono'i*, tu pouRRas te fRictionner avec.

Le téléphone sonne.

— Allo, c'est Cheyenne ?

— Je crois.

— C'est Helena de RFO, on m'a dit de te contacter c'est ton papa, il paRaît que tu écLis un film suR BLando.

— Mon papa ?

— Oui, il soigne mes dents…

Tout commence toujours sur le fauteuil de dentiste de mon père. *Taote niho*. *Taote* Cohen. C'est écrit sur la porte de son cabinet. Il faut qu'il fanfaronne avec ses patients. Et là, c'est tombé sur la présentatrice du journal télévisé. Oh ! là là, ma fille écrit un film, un film avec une grande star américaine dont on ne peut pas encore dire le nom, sur Marlon Brando, comme elle est forte, ma fille. Je le vois d'ici. Et mon autre fille, une star, vous l'avez pas vue dans le magazine du mois dernier. Ce sourire ! C'est grâce à moi ça, mon seul héritage, une denture irréprochable. Il faut rester vigilant. Montre-moi tes gencives et je te dirai qui tu es.

— On voudRait t'inviter au jouLnal de ce soiL pouR parler du film.

— Mais c'est un peu tôt.

— On m'a dit que les équipes arrivaient pour l'ouverture de l'hôtel à TetiaRRoa. Ce seRRa l'occasion de metLe le film en lumièLe, c'est pas tous les jouRs qu'on tourne chez nous.

— OK, dis-je, hésitante, sachant que ça me fera une distraction et reculera un peu la mort de Cheyenne dans mon agenda, c'est d'accord.

— On va faiRRe venir une équipe chez toi pouR te filmer et faiRe un LepoRtage qu'on diffuseRa pendant ton passage.

— D'accord, tu vois la servitude White à Mahina ?

— Ah oui, c'est à côté de chez ma mémé et mon tonton.

— Eh bien tu vas au bout du chemin, en bord de mer, c'est le portail blanc.

— Maman, il y a une équipe de tournage qui vient cet après-midi.

— *Eha tera mea*, « équipe de tournage » ? De quoi tu parles, chéRie ?

— Ils m'ont invitée au journal pour parler du film, ils veulent m'interwiewer à la maison.

— Mais tu es folle, c'est pas pRRopre, je voulais passer la débRRoussailleuse dans le jaLdin.

— Mais c'est parfait, c'est magnifique.

— *Ia,* j'ai pas *pai* eu le temps de couper mon bougainvillier.

La malheureuse s'affole dans toute la maison armée de balai, serpillière et sécateur.

— Maman, pas de panique, c'est pas Oprah Winfrey qui vient !

— CopRRRah qui ?

Kaya est hilare.

— Tu sais que papa leur avait fait le même coup avec moi, ils voulaient venir me filmer, j'ai prétexté un shooting à Fakarava… et puis quoi encore, toi tu es faite comme un rat.

— Arrête, tu restes avec moi, ils voudront nous avoir toutes les deux.

— OK, mais on se déguise.

Le défi est le suivant : ressembler à des locales. On met la même robe *mama ruau*, l'une rouge avec des fleurs blanches, l'autre blanche avec des fleurs rouges. On demande à notre mère de nous faire des couronnes de tiarés et on enroule des perles autour de notre cou. La panoplie est complète. Kaya verse en douce du rhum dans le citron que ma mère a pressé pour atténuer nos taches de soleil.

Un cameraman sonne au portail, accompagné d'Helena, la présentatrice. Ils insistent pour faire des plans des poulets et des poussins, voilà qui les intéresse beaucoup. La chienne aussi est filmée sous toutes les coutures de son pelage de berger allemand. Les bambous ont leur quart d'heure de gloire. Moi, ils me placent face à la mer en plein contre-jour. J'ai les yeux plissés et des rides plein le front. Je ressemble à la sorcière du *Magicien d'Oz*, prête à fondre. Kaya pouffe sur la terrasse. Elle filme le désastre avec sa caméra. Cheyenne en contre-jour, première, action. Puis ils vont dans notre chambre et ils me filment devant mon ordinateur, entourée de mes livres sur Brando. Ils font quelques plans de Kaya et moi.

— La rrressemblance est frrrrapante, dit-il sans cesse. On dirrait un mirroir.

Une fois tous leurs plans en boîte, ils vont monter les images et préparer le petit reportage pour ce soir. Helena accepte un café et nous parle comme à elle-même.

— J'étais à Bora Bora encore ce matin. Je faisais un reportage sur l'assassinat du gamin là-bas. Vous en avez entendu parler ? Le pauvRe, c'est hoLible, je suis encoRe sous le choc. Il avait rien fait et trois mecs l'ont tabassé et lui ont Roulé dessus. Il n'y a plus d'âme polynésienne. L'accueil, la chaleur, tout ça, c'est fini. On est entré dans un âge sombre, c'est vRaiment plus comme avant, on voit des choses, si vous saviez…

— *E e,* ça fait pitié…

— Et la petite qui s'est fait violer dans les toilettes publiques de Matira Beach… HoRRRible… Depuis, l'alcool a été interdit à la plage…

Kaya me conduit dans les hauteurs de Pamatai. Au loin, Moorea se détache dans son écrin, cette vue est toujours aussi splendide.

— Tu sais pourquoi on appelle Moorea, l'île sœur ? me demande Kaya.

— Parce que c'est la plus proche ?

— Non. Parce que, à l'origine, les deux îles étaient jumelles et il a fallu les séparer.

Nous sommes deux îles séparées par des tentacules de mer qui ne rêvent que d'une chose, se confondre à nouveau.

L'assistante d'Helena me reçoit, on était au lycée ensemble. Elle m'embrasse, comment tu vas, une production américaine, c'est dingue, assieds-toi là, tu vas bientôt aller sur le plateau. Kaya continue de me suivre en filmant. Je regarde le déroulé du journal. Au programme, chiens errants, ravages de la drogue, une nouvelle épicerie solidaire à Punaauia, grève du personnel hospitalier.

— Ce soiR, l'invitée du journal est Cheyenne Cohen, cette jeune scénaRiste polynésienne est de retour au *fenua* pour écLire un film suR la vie de MaRlon BLando. Nos équipes sont allées la Rencontrer chez elle.

Pendant la diffusion du reportage sur ma chienne et mes poussins, je pense à mon nom. Cheyenne slash Cohen slash polynésienne, tout ça ne va pas ensemble. J'en veux à mes parents de m'avoir affublée d'un nom aussi ridicule et d'origines aussi bigarrées. J'ai l'impression d'être le patchwork en solde d'une marque de linge de maison bon marché. Je voudrais être en soie. Je suis en percale.

Voilà comment on donne une existence à une chose qui n'en a pas. À cause de ce passage à la télévision, le scénario existe, le film se prépare. Bien sûr, je n'ai pas fini d'écrire les scènes. Je ne sais toujours pas comment le voyage de mon héros finira. Je ne connais pas toutes les étapes de son odyssée. Ulysse est encore au milieu de l'aventure, mais pour les autres, ça y est, il est déjà en chemin, inexorablement attiré par un but que je semble être la seule à ignorer encore.

Je n'avais pas prévu que le passage à la télévision aurait de tels effets. Appels en tout genre de personnes que j'avais réussi à éviter depuis mon retour et qui ont vu mon visage plein écran. Il y a aussi les personnes qui veulent me parler de Brando. Puis ceux qui m'en veulent. Pourquoi remuer de vieilles histoires ? Les amis de Cheyenne, la famille de Dag Drollet, tous sont unanimement sceptiques.

Je n'avais pas prévu ce déchaînement – relatif je dois bien dire, à la tahitienne, pas trop tôt le matin et pas trop tard le soir, même quand on est scandalisé. Ici tout dure à peu près le temps de dévorer un hot dog.

Je reçois des appels. Notamment un qui ne me dit rien qui vaille.

— Allô ?

— C'est toi, t'écrris un livrre sur Dag ? dit mon interlocutrice avec un accent tahitien à couper au couteau, plus proche du bourguignon que du créole.

— Non, j'écris un film sur Marlon Brando.

— Pourquoi tu parrles des choses que tu sais pas ?

— Vous êtes de la famille ?

— Si tu continues, je vais la dire.

— Quoi ? À qui ?

— En plus t'es même pas tahitienne, ton père c'est le *taote niho. Titoi, eure, farani taioro…* et tout un déluge d'insultes.

Je suis assignée, sans le vouloir, au rôle d'accusée. Mais, contrairement à Christian, aucun témoignage ne me sortira d'affaire.

SÉQUENCE DE DÉPOSITIONS - LOS ANGELES - INT. JOUR

Témoignage de Marlon Brando :

MARLON

Le pistolet a été apporté par Christian dans la pièce télé, et Christian m'a dit : « Dag est mort. » Je n'y ai pas prêté attention. Il a dit : « Pa, Dag est mort. Il s'est jeté sur l'arme et le coup est parti. » Je l'ai regardé et j'ai compris qu'il s'était passé quelque chose et qu'il ne plaisantait pas. Il a sorti le pistolet et il me l'a montré. J'ai voulu sentir l'arme pour voir si elle avait servi, elle était enrayée. J'ai dit : « Emmène ça, prends-le… Répare-le… » Quelque chose, je ne me souviens pas exactement. Puis j'ai dit : « Décharge-le. » Il a vidé les balles, je l'ai reniflé, je l'ai regardé, et j'ai demandé : « Où est-il ? » À partir de là, je n'ai plus que des bribes de souvenirs. J'étais bouleversé.

Témoignage de Christian durant les audiences préliminaires :

CHRISTIAN

Cheyenne est partie dans un véritable délire, et je me suis laissé prendre. Maintenant que je sais tout ce que je sais sur son état mental, je ne pense pas que Dag la battait vraiment. Je suis complètement idiot de l'avoir crue.

Le psychiatre de Christian témoigne :

PSYCHIATRE

Christian, qui était un enfant éveillé et curieux, a subi des dommages liés à son éducation et à sa consommation excessive de drogue. Malgré les avantages matériels conférés par le nom Brando, aucun de ses deux parents n'a réussi à apporter à

Christian un environnement émotionnel stable et protecteur.

Un des officiers de probation de Christian déclare :

OFFICIER DE PROBATION

Il a été kidnappé plusieurs fois par l'un ou l'autre de ses parents. Christian avait été abusé par un demandeur de rançon et maltraité par une mère alcoolique et mentalement dérangée.

À Tahiti, la famille de Dag Drollet accuse Cheyenne d'avoir été complice du crime. Max Gatti, un juge français de Tahiti, lui demande de quitter le pays, elle comparaîtrait devant la cour comme complice présumée du meurtre. Dans les mois qui suivent, elle fait plusieurs tentatives de suicide.

Le 26 juin 1989, elle donne naissance à un petit garçon prénommé Tuki. Cheyenne essaie de le noyer. Puis elle fait une overdose de médicaments. Et essaie de se pendre.

TRIBUNAL DE LOS ANGELES - EXT. JOUR

Déclaration à la presse de Brando :

MARLON

On a toujours tendance à critiquer l'autre parent, mais je sais que j'aurais pu mieux faire. J'ai sans doute échoué dans mon rôle de père, mais j'ai fait du mieux que j'ai pu. Aussi peu crédible que cela puisse paraître, j'aimais Dag. Il allait devenir le père de mon petit-fils. Quand ils l'ont emmené, j'ai demandé à l'un des officiers d'ouvrir le sac parce que je voulais lui dire au revoir correctement. Je l'ai embrassé et je lui ai dit que je l'aimais.

Déclaration du père de Dag.

PÈRE DE DAG

Brando est un comédien. Il pleure et ment comme les chevaux courent. Il a joué la comédie à la barre. Est-ce que quelqu'un a cru un mot de ce qu'il a dit ?

Les pleurs de Brando ne suffiront pas. Christian est condamné à dix ans de prison.

On dit qu'il survit grâce à la protection des *Hells Angels*, un gang de motards, fanas de *L'Équipée sauvage*, tenant Brando en grand respect depuis le rôle de chef de meute qu'il y incarne.

À Tahiti, Cheyenne est entendue par le juge qui la considère instable. Il accepte donc la requête de Brando qui voulait la faire soigner dans un hôpital psychiatrique en France, au Vésinet.

Cheyenne commence à aller mieux. Mais Marlon la sort illégalement de l'hôpital pour l'emmener chez des amis à Orléans. Tarita arrive. Cheyenne mord Tarita. Encore une fois, il y a du sang partout.

En octobre, un mandat d'arrêt est lancé contre Cheyenne. Elle repart pour Tahiti dans un avion militaire. Marlon n'est pas inquiété.

Nouvelle audience le 15 avril 1992. Cheyenne n'en finit plus de faire des déclarations qui font la une des journaux. « Je suis sûre que c'est mon père qui a demandé à Christian de tuer Dag. » Elle hait son père, qui lui aurait fait des avances sexuelles. Marlon aurait essayé de l'emmener avec elle dans un hôtel de bord de mer pour lui faire l'amour toute la nuit. « Marlon Brando est un véritable Parrain. Il est capable de manipuler les autres comme il le souhaite », dira-t-elle.

Dans son journal, on retrouvera des passages accablants contre Marlon : « J'ai toujours été le sacrifice de Marlon Brando, son agneau de sacrifice destiné à son bonheur personnel... Il m'administrait des massages, comme s'il voulait que je mime pour lui les gestes de l'amour. Il a continué à me toucher la poitrine alors que j'étais déjà avec Dag. À un certain degré, c'était aussi un jeu de sa part et, enfant, je n'ai pas toujours compris ce qui se passait. »

D'après son témoignage, Marlon lui aurait dit qu'il souhaitait être le père de son prochain enfant.

Il va sans dire que je n'utiliserai pas toutes ces informations pour mon scénario. On ne s'amuse pas avec la réputation d'un mythe. Qu'il soit bisexuel passe encore, qu'il viole sa fille, là on évite. Et puis, rien n'a été prouvé. Cheyenne délirait-elle ?

Finalement, les charges qui pèsent sur elle sont levées. Elle peut quitter Tahiti. Elle est internée deux ans dans un hôpital de San Francisco.

En 1995, elle retourne à Tahiti. La violence la reprend. Elle mord Tarita, essaie de les tuer, elle et Tuki. Des policiers viennent chercher Cheyenne. Elle est de nouveau internée.

Elle s'échappe en avril 1995. Elle retourne dans la maison familiale, noue une corde à une poutre du plafond, monte sur une chaise, fait un nœud autour de son cou, saute. Le 15 avril 1995, Cheyenne met fin à ses jours. Son fils, Tuki, a cinq ans. C'est son grand frère Teihotu qui découvre le cadavre. Tarita tombe de douleur dans ses bras. Marlon se contente d'envoyer un fax. Il prétend qu'il ne peut pas venir à cause de la presse qui le traque. Il veut que Cheyenne soit en paix. Qu'elle ait droit à un enterrement dans la dignité. Mais je ne peux pas me contenter de ça pour mon scénario. Je suis obligée d'imaginer une scène de réunion familiale. De réconciliation dans la douleur. Une scène bien mièvre et sirupeuse qui n'a jamais eu lieu :

TETIAROA - AU BORD DE LA PLAGE - EXT. JOUR

Marlon est entouré de Tarita et de son fils Teihotu.
Il y a également Tuki, le fils de Cheyenne, et sa demi-sœur, Maimiti.
La famille est réunie autour de la tombe de Cheyenne.
Tarita est blottie dans les bras de Marlon et pleure doucement.

MARLON

On demandera à Lisette si elle accepte de mettre le corps de Dag à côté de celui de Cheyenne, qu'ils puissent être ensemble pour l'éternité.

TARITA

Ça fait trop mal, Marlon… Imaginer qu'elle ne sera plus là.

MARLON

(craque)

Oh Tarita, tout ça, c'est ma faute. Si seulement je m'étais mieux occupée d'elle. Je n'aurais jamais dû laisser un tel drame arriver. Il faut que tu me pardonnes, Tarita, dis-moi que tu me pardonnes !

TARITA

C'est trop tard maintenant, Marlon, elle est partie…

MARLON

Vous êtes *the dearest thing in my life*. Je vous aime tous plus que moi-même. Je ne me remettrai jamais de cette perte.

4.

C'est le jour du grand pardon. Pas pour Christian, ni pour Marlon, ni pour aucun des membres de la tribu maudite. C'est le jour du pardon des juifs.

Qu'est-ce que kippour vient faire là-dedans ?

Notre père continue de suivre le rituel religieux, jour chômé, jeûne et autres rites de mortification. J'ai toujours refusé de respecter ces règles, mais aujourd'hui, je suis trop ivre pour manger, je n'avale rien. Mon père est ravi. Je l'aide à préparer la poule farcie aux pistaches. D'abord, il faut désosser la volaille. C'est ma mère qui s'en charge. C'est ardu, il faut glisser le couteau sur les os, elle fait ça bien. Je m'occupe de la farce, des œufs, de la chair du poulet, des pistaches, du poivre, du sel. On remplit le poulet et on lui recoud le ventre. Puis on passe à la confection des *boulous*, ça c'est la sœur qui s'en charge. Des biscuits secs qu'on mange depuis l'enfance.

Mon père se plaint durant toute la journée, trop chaud, trop soif, il n'a pas eu son café du matin, c'est de plus en plus dur en vieillissant, à côté le ramadan c'est de la gnognotte. Je ne relève même pas.

— Un jour, dis-je, un jour, c'est rien. Et si tu veux un café, prends-en un.

— C'est interdit, dit-il.

— Depuis quand tu respectes la religion ?

— Ce n'est pas une religion, c'est une culture.

C'est tellement absurde de fêter kippour à Tahiti que je préfère ne rien dire. Noël aussi, c'est glauque. Mais on y arrivera. Lui, il continue à s'énerver.

— Quand je pense que vous n'êtes pas juives.

— T'avais qu'à en épouser une, ou convertir maman.

— Vous, pourquoi vous ne vous convertissez pas ? Y a des procédures simplifiées, maintenant, surtout si votre père est juif.

Avec la sœur, on rit. Nous convertir, et puis quoi encore ? Nous convertir à notre propre religion. Et après on ira se faire baptiser. Et tout rentrera dans l'ordre.

Pour faire diversion, j'engage la conversation sur le rapport de Brando aux Juifs. J'évite toute la période où il était furieux contre eux et où il fit des déclarations tendancieuses.

— Tu sais, papa, Brando dit qu'il a été élevé par des Juifs. Stella Adler et tout le milieu théâtral. Ils l'ont éduqué, lui ont ouvert les yeux sur le monde, les livres et les idées.

Le père rougit de bonheur.

— Mais attends ! C'est que le début. Il se demande comment les Juifs ont pu à ce point exceller dans les sciences, la littérature, les arts, les affaires alors qu'ils sont si peu nombreux. Pour lui, les plus grandes personnalités du siècle sont juives.

— Tu connais la blague juive ?

— Laquelle ?

— Moïse a dit : « Tout est loi. » Jésus a dit : « Tout est amour. » Marx a dit : « Tout est argent. » Rockefeller a dit : « Tout est à vendre ». Freud a dit : « Tout est sexe. » Et Einstein a dit : « Oui, mais tout est relatif. » Elle est extraordinaire, non ?

Kaya fronce les sourcils.

— Je comprends pas où est la blague.

— C'est pourtant simple, ils sont tous juifs.

— Mais c'est pas drôle !

— Bon allez, vous m'agacez avec vos réflexes de goy. En plus l'heure tourne, mettez la table. Ils débarquent à quinze. C'est pas possible cette famille, à chaque dîner, on dirait un troupeau en transhumance.

Kaya rit :

— Voilà, ça c'est drôle, ça c'est une blague.

On pourrait se demander pourquoi la famille de ma mère, catholique au dernier degré, viendrait fêter kippour. C'est qu'ils ne manqueraient pour rien au monde une occasion de célébrer Dieu.

Même la grand-mère vient. Ça me reste en travers de la gorge, mais enfin, ça fait plaisir à la mère. Une grande réunion familiale, symbole ultime de la félicité terrestre.

Les cousines, les taties et les tontons arrivent. La grand-mère sonne au portail. Tout le monde chuchote. Qui a conduit la vieille ? C'est lui. Qui a mis du vernis à ongles à la vieille ? C'est lui.

À mesure que le dîner avance, la rage m'étreint. Kaya est d'un calme olympien.

— J'ai pris un Lexo, tu en veux un ?

Le souvenir de l'oncle vient se mettre en travers de la poule farcie et appuie sur mon estomac. Ce kippour est un désastre. Jamais je n'ai eu aussi peu envie de pardonner. Cette famille me fout les jetons. Malgré les ragots colportés par notre tatie et qui la plongent dans l'hilarité :

— Mais je te dis, Manu'arii, tu le connais, c'est lui *pai*, le *popa'a* qui a mis un bébé dedans le ventre à la cousine à Matahi.

Mon père se penche vers moi et me récite à l'oreille sa citation préférée :

— Famille, je vous hais !

Ce dîner est une agonie. J'ai envie d'appeler Saul. Il me manque. Il doit être seul. Avec qui va-t-il rompre le jeûne ? Je voudrais être avec lui, qu'il soit avec nous. Je voudrais marcher dans les rues de Paris à ses côtés. Je voudrais lui tenir le bras, lui dire, Saul, l'automne est là, les arbres rougissent, comme Paris est belle, j'aimerais lui parler du scénario que je n'ai pas fini, de ma sœur à qui je n'arrive pas à parler, des mensonges de notre enfance, de mon oncle qui est sorti de prison, de mes cousines qui ne pensent qu'à boire du champagne, de mes amies qui ont déjà des enfants, du corail qui renaît sur les récifs, des lagons qui se vident de leurs poissons, du président qui risque la prison, des chiens qui deviennent fous. Je voudrais voir Saul Rosenberg et lui dire que je l'aime. Je voudrais lui demander pardon.

Mais accorder mon pardon à cette famille, jamais.

Kaya regarde la mer. Sa voix s'élève sur cette fréquence inaudible au commun des mortels :

— *Jour du grand pardon, mon cul !*

— *Il faut faire quelque chose, Kaya.*

— *Tu l'imagines en liberté, là, en train de mettre du vernis à ongle à la vieille et de choisir sa prochaine proie.*

— *Il faut faire quelque chose...*

— *Arrête de répéter ça, s'il faut faire, faisons !*

— *Un coup de fusil dans les couilles et on n'en entendra plus parler...*

5.

Les fêtes passées, je peux me remettre au travail. J'ai abandonné le scénario dans un moment très délicat. Cheyenne vient de se suicider. Il faut continuer à vivre, il faut continuer à écrire. Le film ne peut pas finir sur cette mort. Je prends le parti de faire vieillir les personnages. Je choisis de mêler deux voix off, celle de Marlon et celle de Tarita. Elles se mélangent et annoncent les différents épisodes. Ils se remémorent ensemble leur vie. À leur âge, ils n'ont plus la force de se faire la guerre. La souffrance est partout. La vérité, c'est qu'ils ont continué à se battre, à pleurer chacun chez soi, Tarita à souffrir, Marlon à faire souffrir. Mais il faut de l'apaisement, une réconciliation, même imaginaire.

TETIAROA - AU BORD DU LAGON - EXT. JOUR

Marlon et Tarita sont au bord de la mer.

Ils sont âgés.
Plusieurs années se sont écoulées.

MARLON

Tarita, est-ce que tu es heureuse, maintenant ?

TARITA

Oui, Marlon, ça va, je suis bien.

MARLON

Est-ce que ça t'arrive de ne pas penser à Cheyenne ?

TARITA

Non, Marlon, même quand je suis très occupée à Tetiaroa, je pense encore à Cheyenne, je n'arrive pas, tu sais, je n'arrive pas…

Ils se mettent tous les deux à pleurer.

TARITA

(dans ses larmes)

Je voudrais fermer les yeux et ne plus me réveiller, tu comprends ? Parce que la souffrance est tout le temps là, plantée comme un couteau dans mon cœur… Et ça fait tellement mal, mon Dieu ! Je voudrais fermer les yeux, Marlon, et que ça soit fini, fini…

MARLON

(sanglotant)

Oh ! Ne parle pas comme ça, Tarita !

LOS ANGELES - MAISON DE MARLON - INT. JOUR

Tarita et Marlon sont dans le lit.
On retrouve la première scène du scénario.

MARLON

J'ai jamais pensé que je vais être dans un tel état quand je serai vieux. Est-ce que tu as peur de mourir, Tarita ?

TARITA

Non, moi je n'ai pas peur. Avant, oui, mais maintenant je n'ai plus peur.

MARLON

Moi non plus. Est-ce que tu es en paix, Tarita ?

TARITA

Oui, je suis en paix, c'est tout ce que je cherche, la paix. On est vieux, maintenant, on n'a plus le temps de jouer avec la vie…

MARLON

Non, on n'a plus le temps. Tu sais, moi aussi, je suis en paix.

Derrière eux, il y a le film *Les Révoltés du Bounty* à la télévision.
Ils se regardent, jeunes, dans les rôles de Maimiti et Fletcher Christian.

MARLON

Qu'est-ce que tu joues bien dans le film, Tarita !

TARITA

Ah bon, vraiment tu trouves que je joue bien ?

MARLON

Là, tu es en train de pleurer, c'est moi qui t'ai appris comment il faut pleurer, hein !

TARITA

Ah non ! C'est pas toi du tout qui m'a appris… Tu m'as rien appris du tout dans le cinéma.

MARLON

Et pourquoi tu n'as pas continué ta carrière ?

TARITA

C'est quelqu'un qui m'a empêchée. Tu sais pas c'est qui ?

MARLON

Ah non, je sais pas.

TARITA

Eh ben, c'est toi, Marlon ! C'est toi qui ne voulais pas je joue parce que t'avais peur que les autres hommes ils me touchent.

MARLON

Jamais je t'ai empêchée !

TARITA

Jamais tu m'as empêchée ? Je crois que t'es un menteur, oui !

Ils se mettent tous les deux à rire.

MARLON

Tu sais, Tarita, t'as vraiment une tête de fer…

Marlon tombe lourdement entre le sommier et la table de nuit.

TARITA

Marlon ! Marlon ! Fais un effort, réponds-moi, je t'en supplie !

Tarita aide Marlon à s'allonger. Il retrouve peu à peu sa respiration.

MARLON

Sache que je t'aimais plus que je ne le savais. Si seulement j'avais eu le temps…

Le visage de Marlon se fige.
Il glisse dans le sommeil et dans la mort.

TETIAROA - EXT. JOUR

Tarita, avec Teihotu, Tuki, ses filles et ses petits-enfants, disperse les cendres de Marlon au-dessus du lagon.

FIN

S'il existe une autre vie de délices et de châtiments, beaucoup lui sera pardonné parce qu'il a beaucoup aimé Tahiti. Je verse une larme en même temps que j'appose le N à FIN. Quelle petite menteuse, manipulatrice, je fais. Rien de tout ça n'est totalement exact. Tenez : Marlon a fait appeler Tarita avant sa mort, mais elle n'est pas rentrée à temps à Los Angeles. Il n'est pas mort dans ses bras. Ils ne se sont pas revus avant qu'il ne passe l'arme à gauche. C'était tentant, avouez ! Et la dernière réplique que je mets dans la bouche de Marlon est en réalité la dernière phrase des *Révoltés du Bounty*, les dernières paroles qu'adresse Fletcher Christian à Maimiti. C'était un peu trop beau pour être vrai. Quand la réalité s'entête à ce point à ressembler à la fiction, j'en profite.

Pour le reste aussi, j'ai un peu menti. La moitié des cendres de Marlon a été dispersée dans la Vallée de la Mort, l'autre à Tetiaroa, mais je ne pouvais pas faire le coup deux fois, ça aurait été un peu beaucoup pour les Américains.

Admettez que c'est très compliqué d'écrire la mort. Comment vous vous y seriez pris, vous ?

Aussi bancal soit-il, le voyage de mon héros est terminé. Pour cette version en tout cas. J'appuie sur « Envoyer », avec le scénario en pièce jointe. Bien sûr, le voyage ne fait que commencer.

Malgré toutes ces approximations, ces mensonges, je suis ravie. D'avoir fini, d'être sur mon île, parmi les miens, d'être une demie, à moitié juive, à moitié catholique, d'être une fille du pays. J'aime Marlon

Brando, je suis fière de porter le nom de sa fille, quand bien même je reste une énigme pour moi-même, le monde ne laisse pas de m'étonner.

Mais il y a pire que le malheur. Il y a le bonheur. Quand toute perspective de désespoir est définitivement anéantie, alors on sait que la vie nous a quittés. Le seul vrai désespoir est l'impossibilité de désespérer. Et Marlon l'a bien compris, s'il a tant aimé cette île, c'est parce qu'elle offre des lieux rêvés de mort.

Je regarde le récif, la température est idéale, les vagues remuent entre le silence et le soupir, tout est splendide alentour, et je comprends que je suis foutue. Je n'ai plus conscience ni des jours ni des heures, ni du Bien ni du Mal. Tout est calme et beau. J'ai cessé de dévisager ce qui m'écrasait. Je me contente de le contempler. Et quand on a commencé à se liquéfier, il ne reste qu'une chose à faire : continuer.

IV

Un atoll nommé Désir

1.

Je vous le dis avant la fin, pas besoin d'enquête, pas de *Citizen Kane* et pas de plus grand chef-d'œuvre du cinéma, le *rosebud* de Citizen Brando se nomme Tetiaroa. Il n'a pas arrêté de le dire partout. Tetiaroa est le plus bel endroit du monde, il n'y a que cette pensée qui l'apaise, contempler la voûte céleste allongé sur le sable, voilà qui l'a rendu heureux. Malheureusement, la clef pour accéder à la magie se nomme l'argent. Certains se sont mis en tête de faire payer un impôt sur Brando. Celui qui avait tant fait pour le mythe tahitien est devenu un prétexte pour racketter le touriste dans ce paradis terrestre. Ainsi, cet impôt s'élève à des sommes rarement atteintes dans l'histoire de la taxe. La nuit à 3 000 euros, le billet d'avion à 700 euros pour vingt minutes de trajet. Et rien, que le noir céleste et la barrière de corail. Et pourtant, ce n'était pas parti pour. Autrefois, Brando avait construit une petite pension de famille et quelques privilégiés pouvaient visiter l'atoll et y passer la nuit. Quand on demande à Marlon s'il compte faire évoluer son business, il dit : « Ouais. Je pourrais encourager le tourisme et gagner un million de dollars, mais pourquoi tout gâcher ? »

Je suis avec mon père dans la cuisine. Un couteau dans la main droite, un livre dans la gauche, je lui dis en riant :

— À une autre époque, moyennant un peu d'anesthésiant, on t'aurait fait don d'une île.

— Comment ça ?

— Figure-toi qu'au début du siècle, la famille royale a offert Tetiaroa au docteur Johnston Walter Williams, le seul dentiste de Tahiti.

— C'était la belle époque.

— Même les dentistes ont eu leur heure de gloire.

Voyant une vaguelette de tristesse dans le regard de mon père, je continue mon récit :

— Tetiaroa appartenait à la famille Pomare, les rois de l'île. Ils y allaient pour se reposer et pour le *ha'apori*.

— Connais pas.

— Mais si. Ils s'engraissaient pour être plus beaux. Ils y cachaient aussi les trésors de guerre. Et pendant que les missionnaires christianisaient Tahiti, Pomare Ier y organisait de grandes orgies païennes. Tu t'imagines que les premiers Européens à y avoir mis les pieds sont les déserteurs du *Bounty* qui s'y cachaient ? Bon, ensuite ils l'ont donnée au dentiste qui en a fait une plantation de coprah. Et quand il est mort, c'est sa sœur qui a hérité de l'atoll. Madame Duran. Elle était connue pour tirer au fusil sur toutes les personnes qui approchaient. C'est qu'elle était aveugle. Elle vivait seule à Tetiaroa quand Brando a découvert l'île en 1961. Elle était d'accord pour la lui vendre à condition qu'il ne touche à aucun *toa*, les arbres de l'île qu'elle aimait par-dessus tout. Brando a fait le serment de laisser Tetiaroa telle qu'il l'avait trouvée. Il s'est battu comme un fou auprès du gouverneur français qui a fini par autoriser qu'il l'achète.

Je vois que mon père va être gagné par le *fiu*, je ne veux pas qu'il s'abîme entre un bridge raté et une gencive pourrie, lui qui aurait pu se voir offrir une île par un roi, alors je lui raconte comment tout s'est déroulé, la première rencontre, en 1961, tandis que Marlon faisait des repérages à Tahiti pour trouver où ils tourneraient les scènes du *Bounty* supposées se dérouler sur l'île de Pitcairn. Cet épisode est raconté dans son autobiographie de façon suffisamment émerveillée pour être rapporté tel quel :

TAHITI, 1961 - MONTAGNE DU BELVÉDÈRE - EXT. JOUR

Marlon gravit un sommet en compagnie d'un ami tahitien. Ils sont tous les deux pieds nus et portent un *pareo* autour de la taille. Parvenus en haut, l'ami tend le bras vers le nord.

TAHITIEN

Tu vois cette île, tout là-bas ?

MARLON

(plissant les yeux)

Non... Je ne vois que la mer...

TAHITIEN

Mais si ! Rregarde bien *pai* !

Marlon ouvre grands les yeux et finit par distinguer une mince bande de terre à l'horizon.

Il s'illumine en tendant les bras.

MARLON

Oui ! Je la vois !

TAHITIEN

C'est Tetiaroa.

Immédiatement, Tetiaroa va exercer sur lui un attrait quasi mystique. Il paye un pêcheur pour l'accompagner voir l'île de plus près, à cinquante-cinq kilomètres au nord de Papeete. Et là, c'est le coup de foudre, Tetiaroa est plus belle que tout ce qu'il avait pu imaginer. Il découvre un atoll de corail qui s'élève à quelques pieds au-dessus de la mer. Ce n'est pas une île, mais une multitude de petits îlots. Il n'y a pas de relief, tout se joue entre le sable et le sommet des arbres. Six kilomètres de terre émergée, une douzaine de *motu*, un vaste lagon en forme de croissant, des oiseaux, un rempart épais de cocotiers, des plages de sable fin. Il découvre des nuances de bleu qu'il n'imaginait pas possibles.

— Tu vois, papa, Brando est tombé amoureux.

— Oh, écoute, j'en peux plus de Brando, viens plutôt m'aider à cuisiner.

Mon père perd patience rapidement quand la discussion ne tourne pas autour de la nourriture. Il s'est élevé socialement par la bouche. En soignant les dents et en faisant la cuisine. Il ne rigole pas avec ce qui se joue dans cette région.

— Tu sais combien de muscles il y a dans la langue ?

— Je ne sais même pas combien j'ai de dents.

— Dix-sept. Dix-sept muscles ! Quand vous étiez petites, je vous les apprenais pour vous endormir. Génioglosse, hyoglosse, styloglosse, palatoglosse… ça vous faisait beaucoup rire.

Mon père nous a élevées selon des préceptes d'éducation très particuliers. Il cherchait alternativement à nous faire rire ou à nous faire pleurer, ménageant dans ses récits, en parfait Sophocle séfarade, suffisamment de pathétique et de terreur pour nous maintenir sur le qui-vive, reprenant chaque soir le fil d'une histoire tragique où le beaux-yeux, un très beau poisson rouge, était abandonné par ses parents et passait le restant de sa vie à pleurer dans l'océan, mimant des disputes avec notre mère pour savoir avec lequel d'entre eux nous préférerions vivre en cas de divorce, nous nourrissant des meilleures choses, nous inculquant la maxime « mal manger est un crime » comme d'autres transmettent l'honnêteté et la probité comme valeurs fondamentales, valorisant l'intelligence et la majesté de la bouche, quand d'autres préfèrent nourrir le cœur et l'esprit. Quelles sont les parties les plus nobles de l'homme ? Entrailles, tête ou langue, mon père a tranché.

2.

Le chaos commence à se propager autour de l'inauguration de l'hôtel Brando. La production veut en profiter pour annoncer le tournage du film. D'autant que les entrepreneurs ont des parts dans la production. On murmure que l'Acteur sera là. Le Réalisateur aussi. Longjumeau prendra son appareil photo, heureux comme à un safari.

Inauguration dit fête dit organisateur de fête dit Premier Amour. D'autant plus qu'ils ont décidé de coupler ce cataclysme imbibé avec une séance photo pour la marque Victoria's Secret. Celle que nous avions tant convoitée avec Kaya, celle qui promeut des corps parfaits moulés dans des maillots de bain et des sous-vêtements pailletés. Nous voulions autrefois faire partie de ces corps parfaits, nous voulions être cette norme mondiale absurde et insultante pour les femmes, nous voulions intégrer le cercle très convoité des mannequins de Victoria's Secret, être des anges, participer au défilé annuel de la marque au *Kodak Theater* de Los Angeles, porter des ailes à plumes blanches, des jarretelles dorées, faire rêver les femmes à cellulite, être le modèle des adolescentes prépubères. Ou alors peut-être que nous ne voulions rien de tout cela, nous désirions le contrat, le chèque, l'argent sur notre compte ? Peut-être ne désirions-nous rien car nous incarnions alors le désir et nous étions nous-mêmes sans désirs, nous étions blanches, nous étions pures. Ou bien nous étions noires et galeuses, et nous voulions devenir des anges pour cela même, être blanchies et purifiées.

Je redoute que la fête qui se prépare soit plus diabolique que céleste, malgré la présence de tous ces anges. Kaya a réussi à se glisser au milieu de la séance. Son agent américain lui a dégoté un contrat. Elle n'est pas un ange, mais elle aura quand même fini par devenir le visage de la marque. Ou plutôt le cul. Je suis très heureuse pour elle. Le père est effondré.

— Voir des filles faire des selfies est l'un des spectacles les plus pénibles qui soit donné à l'œil humain, en temps de paix. Ça, et les touristes allemandes qui dansent le *tamure* au clair de lune.

Notre père a raison d'avoir peur. Il sait que les Tahitiens adorent les fêtes. À l'idée d'une bringue, tout s'éclaire. Peu importe qui. Peu importe où. On chante et on danse. Même pour faire plaisir aux touristes, même s'il s'agit de donner de soi un spectacle pathétique et vulgaire. Tout est ici matière à réjouissance et célébration. On fait la guerre ? Joie de se battre. Le combat s'interrompt ? Joie de se réconcilier. C'est la saison des pluies ? Les plantes seront nourries. Le soleil revient ? Bonheur des retrouvailles.

Marlon l'a bien compris. Il n'y a rien au monde que les Tahitiens aiment plus que la fête. Il raconte même comment il est tombé amoureux de l'âme polynésienne. Un jour, on annonce la venue du général de Gaulle à Tahiti. Tout le monde s'en fout. Personne ne sait qui c'est. Mais quelqu'un précise qu'on donnera une fête pour son arrivée. Alors là, liesse générale, tout le monde se met à danser quand le bateau entre dans le port. Des Tahitiens par milliers l'accueillent dans l'eau avec des colliers de fleurs. Ce qu'ils fêtent, c'est la joie de vivre. Marlon l'a bien compris.

S'ils se foutaient de De Gaulle, alors des producteurs américains... ! *Eha tera mea* pRrroducteurs ? C'est quoi ça ? Un poisson ?

L'inauguration de l'hôtel se prépare. Il y aura un monde fou. Peut-être que, moi aussi, je retomberai amoureuse de l'âme tahitienne ?

En attendant, la perspective de la fête ne calme pas mon anxiété. Les producteurs sont annoncés, mais je ne sais toujours pas ce qu'ils pensent du scénario. Est-ce que Saul est en train de se ronger les ongles, la peau et les doigts ? Est-ce qu'il m'en veut ? Ai-je une fois encore échoué à le satisfaire ?

Ce faux père dont le besoin de consolation, comme dirait l'autre, est impossible à rassasier, me manque terriblement. Je n'ai plus ce regard inquiet reflété dans l'épée qu'il suspend au-dessus de ma tête, comme une canne à pêche dans un lac norvégien. Je n'ai plus ce troisième œil, ce tuteur m'empêchant de me disloquer, ce papa tyrannique et tendre. La menace du martinet me fait défaut.

J'écris de longues lettres à Saul que je n'envoie pas. J'aimerais lui expliquer la nature de mon sentiment pour lui, la colonne vertébrale de mon affection, la scoliose de mon amour. Mais je le sais rétif aux sentiments des autres, méfiant aux siens, un robot asentimental toujours au bord des larmes. Je ne voudrais pas le précipiter dans son haut mal à lui, son *fiu* de grand traumatisé. Et au moment où on s'y attend le moins, comme dans un bon roman, pendant que je passe la serpillière dans la cuisine, comme dans une bonne maison tahitienne, le téléphone retentit et ce bruit strident se transforme en événement.

— Allô ?

— *It will do…*

— *Sorry ?*

— Les Américains… ils sont satisfaits.

— Saul, c'est vous ? Oh, Saul, je pensais justement à vous en versant de l'eau de Javel dans mon seau.

— Pas de menaces ! Satisfaits, vous m'entendez, ils sont OK.

— Juste satisfaits ? Pas de *amazing* et tout le tsoin-tsoin ?

— Ils vous envoient un directeur de prod, il vous expliquera les réajustements qu'il reste à faire. C'était à prévoir.

— Ils seront à Tetiaroa ?

— J'en ai bien peur, c'est Longjumeau qui chapeaute tout ça. Et, Cheyenne…

— Saul ?

— Vous les avez bien entubés les Ricains. Je vous sais capable du meilleur et vous ne m'avez pas déçu. C'est nul à souhait, un mélo calibré : un parfait scénario !

— Oui, mais vous savez qu'il n'y a que deux sortes de parfaits scénarios : ceux qu'on tourne et ceux qu'on ne tourne pas, dis-je pour libérer ma gorge du chat de l'émotion.

— À vous de jouer.

Il va raccrocher sans me dire au revoir, ce con.

— Saul !

— Cheyenne ?

— Vous me manquez.

Il raccroche.

3.

La mère nous dépose à l'aéroport tôt ce matin. Elle adore faire le chauffeur, elle dit qu'il y a toujours un moment où les parents se transforment en taxi pour leurs enfants, c'est dans l'ordre des choses, ça la réjouit. Nous rejoignons les cousines, les copines, des filles dans tous les coins. On s'apprête à aller chez madame Claude ou quoi ? Mais non, tout ce cirque répond simplement à un précepte de base : une bonne fête, c'est de la bonne drogue et des filles bonnes.

Les filles sont là, la drogue aussi, sûrement, quelque part.

Ma mère nous regarde partir avec la larme à l'œil.

— On revient demain, maman, t'inquiète pas.

— Je sais, c'est juste que j'ai toujouRs l'impLession que vous parrtez pour un autre continent, je n'aime pas que vous me quittiez.

— T'inquiète, avec un peu de chance, on ne reviendra pas.

— Vilaine !

À peine montées dans l'avion, les cris commencent à se faire entendre. On se croirait dans un poulailler. Je pense à l'anecdote célèbre de Brando à l'école de Stella Adler. On demande aux élèves de jouer la réaction d'une poule qui viendrait d'apprendre qu'il y a eu une attaque nucléaire. Tous les élèves se mettent à piailler, caqueter et courir dans tous les sens. Marlon ne bronche pas. Eh bien, Marlon ? Quoi ? Tu ne joues pas la scène ? Si, répond-il. Mais si j'étais une poule, je ne saurais pas qu'une attaque nucléaire vient d'avoir lieu. Si j'étais une poule, je n'aurais pas de conscience.

On nous distribue un petit fascicule du magazine *Maisons du fenua, l'art de vivre en Polynésie*, avec un jus d'ananas. L'hôtesse nous glisse une mignonnette de vodka et, pendant que les cousines dansent un *tamure*, je lis en diagonale : *The Brando, un lieu à nul autre pareil... un hôtel 5 étoiles composé de 35 villas de luxe. Un endroit unique. Suivez le guide !*

Entre deux éclats de rire et une gorgée d'alcool, j'ai à peine le temps de finir le descriptif que l'avion se pose sur un bout de sable à cheval sur la mer. La vision est enchanteresse. Jusque-là, on ne nous a pas menti.

Nous sommes accueillies dès la descente de l'avion par des jeunes femmes en *pareo* et un *raerae* qui porte un chignon spectaculaire. Ils nous offrent des couronnes de *tiare* et des cocos glacés.

Tumi, la petite-fille de Brando est là. Elle est guide naturaliste pour l'hôtel et s'est installée sur l'île. C'est une de nos vieilles amies. Elle doit avoir vingt-cinq ans. Elle est toujours aussi jolie. Elle nous embrasse toutes, les unes après les autres.

Un panneau en bois indique que nous ne sommes pas dans un rêve : THE BRANDO. La foule debout dans le bâtiment central fait de bois et de pandanus me rappelle à mon cauchemar. Ils sont là. Une dizaine de mecs à casquette et baskets. L'équipe américaine et les producteurs français. J'aperçois Longjumeau, le ministre du Tourisme et le directeur de l'hôtel en pleine discussion. Ils se tournent vers moi :

— Bienvenue dans le temple où nous allons marier l'argent et le développement durable !

Ça, c'est une introduction.

Je m'avance seule pendant que les filles vont faire un tour avec Tumi. Je les rejoindrai plus tard. Rendez-vous sur la plage, au bout du *motu*.

— *Waoh, so nice to meet you.*

L'Américain me tend la main, il est content, mais pas suffisamment pour s'approcher de mes germes, cela dit, il n'a pas tort, Longjumeau m'embrasse et me tutoie, il veut se donner des couleurs locales, ça marche, il est déjà rouge. L'Américain, c'est Lee, le directeur de production qui a tant à me dire, tant de remarques, mais aussi de compliments et de réserves à partager. Nous allons *share*, *share*, vous comprenez ? Venez, allons prendre une piña colada, ça simplifiera les échanges.

Alors voilà, il me le dit tout net, cette histoire des deux voix off ne le convainc pas. Il dit ce qu'il pense. Il fait ce qu'il dit. Il dit ce qu'il fait. Il est américain. Il pense qu'il faut s'en tenir à Marlon, le coller, ne jamais le lâcher. Ça c'est pour la partie formelle. En ce qui concerne ce qu'il y a dedans, *inside*, *inside*, il y a beaucoup de morts, de morts vivants, de morts qui reviennent, de mortes qui s'en vont, il faut voir Brando dans des situations plus vitales, vivant, en vie. La fille pendue, on oublie ! Ellipse, ellipse, on coupe. *Life against death,* vous comprenez, c'est le combat qui se joue. Je rétorque que c'est toujours le combat qui se joue. *Good.* Nous sommes d'accord. Nous nous serrons la main.

— *We have a deal ?*

— *We have a deal. Life against death. Life wins.*

— *Good.*

Il est encore trop tôt pour lui expliquer que c'est la mort qui l'emporte toujours. Il est onze heures du matin, il fait un soleil de plomb, l'eau est transparente, je suis en vie, nous allons inaugurer le premier hôtel 100 % écolo du monde, *Brando au paradis*, un grand film que je signerai, se prépare, laissons la vie gagner encore un peu.

Le directeur de l'hôtel interrompt ma discussion avec Lee, il tient absolument à nous raconter la genèse du projet. Un projet de visionnaire.

— Laissez-moi vous raconter. Tout a commencé en 1999. Marlon était malade et avait des problèmes d'argent. Il était très inquiet pour son île et sa pension de famille. Qu'est-ce que Tetiaroa allait devenir une fois qu'il ne serait plus là ? Un jour, le téléphone sonne : « Allô ! C'est Marlon. On me dit que c'est à toi qu'il faut que je m'adresse si je veux faire quelque chose à Tetiaroa. » Ni une, ni deux, j'ai envoyé mes équipes sur place pour effectuer un audit. On se rend compte que tout va mal : les déchets sont ensevelis ou mal stockés, les moustiques prolifèrent, les fosses septiques sont mal construites, les toilettes impraticables, l'électricité est rationnée… Pour quelqu'un comme moi, dont le métier est de vendre du rêve à sa clientèle, ce constat était tragique.

— Qu'avez-vous fait ?

— Envoyé le rapport à Marlon. Pendant des mois, aucune nouvelle. Jusqu'au jour où je reçois un appel : « Allô ! C'est Marlon. J'aimerais que tu m'expliques ce que tu ferais, toi, à Tetiaroa… » J'étais à Los Angeles et je suis allé le rencontrer dans sa maison de Mulholland Drive. On discute, on se rend compte qu'on se ressemble, on a en commun l'amour de la Polynésie, l'affection pour les Polynésiens et surtout l'envie de faire quelque chose d'innovant. Mais Marlon voulait mieux me connaître. Il avait ce don de comédien incroyable qui lui permettait de devenir qui il voulait, prendre n'importe quel masque et il se méfiait des autres, ne sachant jamais si vous étiez un animal de son espèce, capable de mentir et de se métamorphoser. Il avait besoin de vraiment cerner la personne qu'il avait en face de lui, de se frayer un chemin dans son esprit. Bon, *the rest is history*, le Tetiaroa Village, l'ancienne pension de famille ouverte en 1973, ferme ses portes en mars 2004. La piste d'aviation n'était plus aux normes imposées par l'aviation civile.

Lee a l'air passionné. J'ai l'impression qu'on se fout de moi. Pas grave, j'ai toujours ce doute quand quelqu'un émet des sons en me regardant.

— Comment est née l'idée d'un hôtel écologique ?

— Au fur et à mesure. Architecture, fonctionnement, culture, recherches scientifiques… cette vision a fini par s'imposer naturellement.

— Et vous ? Qu'apportiez vous ?

— Ma vision d'homme d'affaires pragmatique. Bien sûr, il m'est arrivé de me tromper. Exemple : Je tenais mordicus à construire des bungalows sur l'eau, je n'envisageais pas l'hôtel sans ce type d'offres. Mais, pour Marlon, c'était hors de question. Il n'aspirait qu'à des constructions discrètes qui se devinent et ne changent pas la physionomie de l'île. Pour lui, rien ne devait faire obstacle au regard d'un promeneur qui déambulerait autour du *motu*.

Je regarde alentour et je ne vois rien que des petites voitures de golf et des Tahitiens enveloppés dans des tissus à fleurs.

— On a aussi eu des discussions houleuses autour de la question énergétique. Marlon ne voulait pas d'énergie fossile sur l'île. Mais comment climatiser les chambres ? Marlon avait réponse à tout : « On va aller chercher la climatisation dans la mer... » Il a eu l'idée de ce qui est aujourd'hui la clef de voûte de tout l'édifice que vous voyez : la climatisation par captation d'eau de mer en profondeur.

— D'où vient cette démarche écologique ? Vous ou Brando ?

— La démarche environnementale était une nécessité. Ici, pas de prise en charge collective en matière d'eau, d'électricité, de gestion des déchets. The Brando ne pouvait naître et fonctionner que dans un esprit durable et donc écologique pour être économiquement viable. Le développement durable est un train dans lequel on accepte de monter ou non. Mais une fois qu'on est dedans, il faut aller au bout pour rester cohérent.

— Et que s'est-il passé à la mort de Brando ?

— Le groupe a poursuivi les discussions avec les exécuteurs testamentaires chargés de gérer sa succession. Depuis, notre société a signé un bail emphytéotique pour se développer sur deux *motu* de l'atoll de Tetiaroa : le *motu* Onetahi et le *motu* Honuea.

Emphytéotique ! Quatre-vingt-dix-neuf ans, quatre-vingt-dix-neuf ans à se coltiner le discours du tourisme responsable, une éternité.

Le laïus du directeur me laisse sans voix. Je m'éloigne du groupe et arpente le *motu*. Je repense au rêve de Marlon. Au rêve de cette île. À son *rosebud* adoré. Aux mots qu'il a écrits. Je suis partagée entre la tendresse, l'admiration et la peine.

C'est vrai, il disait considérer Tetiaroa comme un laboratoire où il pourrait mener des expériences sur l'énergie solaire, l'aquaculture et certaines méthodes de construction inédites.

Mais c'était surtout un refuge, un sanctuaire. Sa vie ici était très simple, faite de jeux, de pêche, de promenades avec ses enfants. La nuit, il y regardait les étoiles. Le jour, les oiseaux. Il se sentait libre. Il restait devant son émetteur radio, parlait à des inconnus, prétendait s'appeler Jim Ferguson et vivre seul à Tahiti. Ici, Marlon n'était pas Brando. Il était comme tout le monde. Encore et toujours, ce rêve d'anonymat, ce mépris de l'acteur en lui. Cette volonté de dénuement. Reste à savoir comment on a pu passer de ce rêve à ce complexe hôtelier écolo hors de prix. Au départ il n'y avait pas grand-chose. Quelques bungalows, une cuisine, deux bars, une salle à manger. Brando a investi des millions dans l'île mais ça n'a jamais été rentable – projets inachevés, vols, ouragans.

Serait-il content de ce qui a été mis en place sur son île ? Son plus grand espoir était de faire en sorte que Tetiaroa garde le visage de la Polynésie d'autrefois. Comme si elle n'avait pas été défigurée par les voyageurs, baleiniers, missionnaires, fonctionnaires de l'État français, militaires, touristes. Comme si les traditions d'avant la découverte pouvaient être retrouvées, nourries et conservées ici, à Tetiaroa.

Fini les déambulation et la nostalgie, je rejoins les filles sur le bateau où Tumi se charge de la visite. Une seule question est sur toutes les lèvres : où est l'Acteur ? Les filles se sont renseignées. Il serait dans la suite royale avec sa femme. Il serait au plus mal. En pleine descente de myth.

— Il a testé ?

— C'est ce qu'on raconte.

— Comment il en a eu ?

— Le Premier Amour est arrivé hier. Avec des munitions.

— Moi aussi je veux essayer. Ce soir.

— T'as qu'à demander au Premier Amour.

— Ce fils de chien partouzeur ? Non. J'ai des principes.

— Ça durera pas longtemps. Les cocktails sont à volonté.

— Qui finance cette sauterie ?

Haussement d'épaules.

— Un peu les Américains, pas beaucoup, un peu Paris, un peu le gouvernement, un peu la compagnie aérienne, un peu les producteurs, une vraie multinationale.

Haussement d'épaules.

— Taisez-vous un peu, on écoute Tumi :

— Ce que voulait mon gRand-père, c'est paLtager le sentiment que pRocure Tetiaroa, ce sentiment de Reconnexion à la nature. Les Polynésiens savaient liRe la naturre, la compLendre, l'interpRéter. Il faut Ressentir le calme, le vent, l'éneRgie qui émane du village, je pRrends, je suis pRrésente à tout ce qu'on ne voit pas. Je viens sur cet arbre pouR savoiR qui je suis, qui j'étais et qui je seRai.

J'ai envie de pleurer. Les Américains aussi. Longjumeau bâille. Le décalage horaire commence à lui taper sur le crâne. Tumi est très belle, très douce. C'est la fille de Teihotu. Elle est la garante de l'héritage spirituel et environnemental de Marlon. Il y a beaucoup de son grand-père en elle. Elle est l'incarnation de la fascination qu'ont exercée les Polynésiens sur Brando. Marlon est tombé amoureux des Tahitiens, et, quand on voit Tumi, on le comprend.

Le skippeur nous explique que l'eau stagnante est remplie de requins juvéniles, que le secret de la beauté de Tetiaroa, c'est que le sable est un mélange de corail avec une grande concentration de soufre.

On passe en bateau devant une villa. Et on les voit, les anges qui se dorent la pilule. Elles nous font de grands signes en criant. Des anges qui crient en buvant des cocktails.

Je pense à l'époque où Marlon envisageait de fonder une université ici :

TETIAROA - MAISON MARLON - INT. JOUR

Marlon montre à Tarita les plans de son université. Ce sont des bungalows, construits avec les différents bois de l'atoll et reliés entre eux par d'étroites galeries couvertes de palmes de cocotier.

TARITA

C'est très joli, Marlon, mais je me demande bien qui c'est qui va venir ici, à Tetiaroa, pour étudier.

MARLON

Des Américains, des Tahitiens, des Français, tout le monde va vouloir venir quand ils sauront que ça existe.

Je rejoins toute la smala au Bob's bar, réplique de l'ancienne bâtisse du temps de la pension de famille de Brando, où nous commençons à trinquer, les pieds dans le sable, personne ne sait bien à quoi, à la fête elle-même. On nous sert des petits fours. Le coco grillé est à l'hôtel de luxe du Pacifique ce que la cacahuète est au bar-tabac de La Garenne-Colombes. On nous en donne des soucoupes pleines. Et sur la plage, des autochtones torses nus tatoués, *pareo* noués à la taille ne cachant que leur noble outil, *mono'i* dégoulinant dans les cheveux, préparent ce qui ressemble à la cérémonie de *Ahi ma'a*, le four tahitien.

Je pense à l'affaire des *Bûchers de Faaite*. Un fait divers ayant eu lieu sur un atoll des Tuamotu, qui était en une de la presse locale et internationale à la fin des années quatre-vingt. Folie mystique et crise de démence passagère, un prophète vient annoncer la fin du monde, la population dresse un bûcher, et pour anéantir le démon, brûle six personnes. Aujourd'hui, on s'est calmé, on ne brûle que des animaux. Un petit cochon rôtit sous nos yeux.

Le *raerae* de l'accueil s'approche avec des pina colada pleines de glace. On se demande comment ces créatures étranges mi-homme mi-femme, ont pu prendre une telle place dans l'hôtellerie. Ils sont réputés serviables, polis et efficaces. On leur a appris à accomplir les tâches réservées aux femmes dans la maison. Ils savent tout faire. Tout ce que l'histoire a longtemps épargné aux hommes, ménage, repassage, cuisine. Il baisse la voix et nous appelle « copines », la meilleure manière d'alpaguer un inconnu ici.

— *Ia,* copines, il peut fairrre son beau le diRecteur, tout parrrt en couilles, ici.

J'ouvre de grandes oreilles intéressées, friande des horreurs qu'il s'apprête à nous révéler, je connais la chanson, mais c'est toujours un plaisir. Tahiti s'est depuis longtemps spécialisée dans cet envers du paradis qui ne manque pas une occasion pour se manifester. Un combat sans merci que se livrent le pile et la face, la beauté luxuriante et la décrépitude.

— Ils ont perrrdu leur procès contrre le Pêcheur.

Le Pêcheur est une figure locale qui vit sur sa pirogue dans le lagon. C'est un farouche opposant au complexe hôtelier qui leur cherche des noises depuis le début. Les mecs d'ici l'ont attaqué pour ne pas avoir respecté la réglementation, continué à vivre sur sa pirogue sans titre de propriété et trimballé ses copains avec lui. Le tribunal a fini par le disculper.

— Quoi d'autre ? Quoi d'autre, copine ? je demande en tapant des mains.

— Ben, y sont tous bourrés.

— Qui ?

— Tous, *pai*, tous les employés. Avant, y nous avait mis une rrroulotte au village où on pouvait aller. Mais ils allaient tous se saouler là-bas. Eh ben y l'ont fait ferrmer et couvrrre-feu. Tout le monde au lit à vingt-deux heures, mes sœurs ! Y trouvent personne pour venirr trravailler ici. C'est normal, au moins sur les autRres îles, y a des Rroulottes !

C'est vrai que l'ambiance ici est très bizarre. Ailleurs, il y a une vie hors des hôtels, pas une vie folichonne, mais une vie, avec des churros, une crêperie, des steack frites, un ou deux restaurants chinois, le panda d'or, ou le lion d'or, ou le cheval d'or, peu importe. Ici y a rien que The Brando, le Spa et le bar dans le sable. Même pour les touristes, c'est à se tirer une balle. Tu peux bien boire douze mojitos par jour et baiser deux fois plus, y a un moment tu m'emmerdes à un point tel que tout le rhum du monde ne peut rien y faire.

— Parfois, on chope les tourristes, y rregarrdent même plus la merr, y contemplent la feuille de menthe qui plane dans leur verre. *E e*, ça fait pitié à eux, venir si loin pour s'emmerrder autant.

Voilà, on nous a vendu une grande entreprise créant des emplois pour la population locale et on se retrouve en effet avec un hôtel de luxe et des Tahitiens qui ont le droit de faire le ménage, la plonge et d'assurer le folklore de manière à pouvoir faire un prêt à la banque et s'endetter pour acheter un 4 x 4.

Je voudrais en entendre davantage, mais je vois Kaya se lever sur ses longues jambes de mannequin prête à se faire photoshoper. Un attroupement de blondeur et d'yeux immenses s'avance vers nous. Ce sont les anges. Kaya les embrasse. Moi aussi, j'en connais quelques-unes.

— *So good to see you !*

— *You're shooting with us ?*

— Non, j'ai raccroché.

— Tu as monté ta ligne de sous-vêtements ?

— Non, je suis scénariste.

— C'est le nom d'un parfum ?

— Non, j'écris des films.

— *Whaoo !!! So nice.*

— *Did you see Him ?*

L'Acteur est toujours attendu. Personne ne l'a encore vu sortir de son bungalow. Moi, c'est le Premier Amour que je cherche des yeux. J'entends des essais de sono pour la musique, il ne doit pas être bien loin.

4.

Longjumeau fait la sieste et Lee me prend en otage avec une version imprimée du scénario surlignée à toutes les pages.

— *Work session !*

Le travail consiste pour moi à l'écouter et à prendre des notes en guettant l'arrivée des acteurs. Je l'interromps en me souvenant qu'il devrait y avoir un metteur en scène au milieu de tout ce cirque.

— Le Réalisateur n'est pas là ? Qu'en pense-t-il ?

Lee se racle la gorge.

— C'est mieux que nous repassions ensemble sur la version avant de le laisser intervenir. Il n'a pas pu venir *anyway*, bloqué en montage. Mais il sera là dès la semaine prochaine.

— Que se passe-t-il la semaine prochaine ?

— On commence les repérages, le casting et les répétitions.

Je comprends donc que tout va débuter, s'organiser et qu'ils vont déplacer des équipes entières avant même que le scénario soit fini, que le Réalisateur l'ait lu, que nous nous soyons entendus sur les changements à faire. Je comprends le merdier dans lequel on est en train de mettre le pied. Au moment où je commence à avoir le tournis, je sens une main sur mon épaule. Sauvée par le Premier Amour ! Je laisse Lee en plan en bredouillant des excuses.

— Je t'ai cherchée partout, dit-il. Viens, avant que la soirée commence, j'ai des choses à te dire.

Il me prend par la main, il veut qu'on aille regarder le coucher de soleil, qu'on aille surprendre le rayon vert. Un des grands fantasmes de Brando. Il rêvait de pouvoir observer cette légende, ce rayon que le soleil diffuse juste avant de disparaître. Il ne l'a jamais vu. Mais il a passé du temps à guetter ce miracle, allongé ici, sur le sable de Tetiaroa.

Nous traversons un village en ruine avec des maisons de l'époque du docteur Williams. Il y a aussi l'ancienne maison de Brando, des murs effondrés avec des tags de toutes les couleurs. On se croirait sur le parking d'un supermarché, paumé au milieu de nulle part.

— Tu te souviens ?

Je redoutais le moment où il allait aborder le passé. Nous étions venus ensemble à Tetiaroa fêter mes dix-sept ans. Brando était encore en vie. Le Premier Amour connaissait bien Teihotu. C'était encore l'époque de la petite pension de famille infestée de moustiques.

Il n'en fallait pas plus pour que toutes les phrases commencent par « Tu te souviens ? ». Tu te souviens du jour où tu as cassé le cadre ? Tu te souviens de la nuit où tu m'as giflé ? Tu te souviens de celle où on a empêché un incendie ? Tu te souviens des réveils dans la nuit pour prendre le bateau ? Tu te souviens de la naissance des chiens ? des feux sur la plage ? des poissons-pierre dans la mer ? du jour où le requin m'a mordu le pied ? de l'insolation du mois d'avril ? Tu te souviens de notre ivresse ?

— Viens, on va se baigner dans la passe.

Je le suis sur la plage. Le petit récif cogne contre le rivage. L'océan est à quelques coulées de nage. Et nous marchons. Le ciel a pris la teinte grise d'avant l'orage.

— Tu te souviens, la première fois ? Il faisait exactement le même temps.

La pluie se met à tomber, doucement.

— Arrête.

Je ne veux plus me souvenir. Je ne peux plus. Je me jette dans le froid de l'eau. Je m'écorche le pied contre le récif. Il dépose un baiser sur mes lèvres. Pour ne pas pleurer, je pense : Tu n'es pas Kaya, tu n'es pas ma sœur, tu n'es pas ma vie.

— On aurait dû faire un enfant, ce jour-là.

Tout demeure inscrit dans la tête, intact, ineffaçable. Les souvenirs s'incarnent et forment un petit théâtre de figurines en acier. Je les fais tomber d'un revers de main.

Je sors de l'eau.

— On nous attend au restaurant.

— Et le rayon vert ?

— Ça n'existe pas, tu le sais bien, ça n'existe plus.

TETIAROA - PLAGE - EXT. NUIT

Marlon et Tarita font le tour de l'atoll à pied.
Ils marchent parfois dans l'eau jusqu'à la taille, parfois parmi les racines aériennes de *fara*.
Ils s'allongent sur la plage.

MARLON

J'aime regarder les étoiles… Je comprends ce qu'est le bonheur depuis que j'ai cette île. Avant, je n'avais pas idée qu'on pouvait avoir du plaisir à exister, à exister tout simplement.

TARITA

Qu'est-ce que ça veut dire, exister tout simplement ?

MARLON

Être là avec toi, ma chérie…

Les anges ont fini la séance photo. Elles ont enfilé un bout de tissu que certaines contrées ont baptisé robe. Kaya tripote Cara qui reluque Kylie qui renifle Adriana. Je commence une bouteille de champagne et je laisse le Premier Amour s'évaporer derrière les platines. Lee a l'air trop occupé à boire un coco pour me remarquer. Longjumeau a mis sa plus belle chemise en lin. Personne ne pense plus au film. Tout le monde songe fête, grosse teuf, fille, turlute, star, mannequins. Il n'y a plus d'identités, qu'une seule et même grosse boule de strass et d'opportunités. Ici, c'est mieux qu'Hollywood, tout le monde va tenter sa chance.

Le fantôme de Brando nous regarde. Il n'a pas eu de compagnie depuis longtemps, lui aussi est au spectacle, il empoigne du pop-corn caramélisé et s'enfonce dans son fauteuil.

Comme nous tous, il cherche l'Acteur des yeux, il ne le voit pas. Alors, il se souvient d'une nuit chaude de 1976 et du tour désopilant qu'il a joué à son entourage. On est en plein tournage d'*Apocalypse Now*. Marlon vient d'arriver à Manille. Avant toute chose, il organise une grande fête dans sa maison. Il y convie des centaines de personnes. La distribution au grand complet est là : Martin Sheen, déjà usé, Aurore Clément, Laurence Fishburne tout maigre et tout jeune, pas encore le mastodonte de *Matrix*. On aperçoit la bande d'Italiens du directeur de la photo, Vittorio Storaro ; Christian Marquand, le meilleur ami qui sera coupé au montage, Coppola, sa femme, ses enfants et ses assistants, et une centaine d'Indiens Ifugao, embauchés pour jouer les disciples de Kurtz. Comme ce soir, le champagne coule à flots, la coke et le *paka* aussi. En plus, il y a des magiciens et des musiciens. Seulement voilà, Brando n'est pas là. Tout le monde le cherche, personne ne le trouve. À minuit, un feu d'artifice préparé par l'équipe des effets spéciaux explose dans le ciel. *Where the fuck is Marlon ?* On raconte qu'il est resté caché jusqu'au bout de la nuit. Qu'essayait-il de prouver à faire son malin, orchestrant sans jamais se montrer la comédie qui se joue dans sa maison ? Qu'on peut réunir une foule d'adorateurs en restant invisible ? Qu'il a compris l'essence du personnage du colonel Kurtz, monstre des ténèbres insaisissable, régnant en souverain absolu sur chacun de ses fidèles ?

Est-ce ce même jeu que nous joue l'Acteur ce soir ? Peut-être qu'il est vraiment en descente de myth. Peut-être qu'il baise sa femme. Peut-être qu'il n'est pas ici et n'a jamais voulu ce film.

Il n'y a que deux sortes de fêtes. Celles où on boit trop et celles où on ne boit pas assez. Ce soir, tout le monde est à deux doigts de vomir.

La fête se métamorphose. La filmographie de Brando s'invite une fois encore dans ma perception de la réalité et Tetiaroa ressemble de plus en plus au paysage de *L'Île du docteur Moreau.* Navet sympathique de John Frankenheimer où Brando joue un scientifique fou qui réalise des expériences sur ses enfants, des hommes-bêtes qui finiront par le dévorer en demandant : « Pourquoi vous nous faites du mal puisque nous sommes vos enfants ? » Autour de moi, les gens rient, boivent, se jettent dans la piscine, ils se détraquent comme les créatures de Moreau, se rapprochent toujours un peu plus de leurs instincts primitifs, de leur animalité. Où est le maître qu'ils voudront abattre, déchiqueter de leurs dents, soumettre à la tyrannie de leur instinct ? Où est l'Acteur ?

Ce n'est pas lui qui surgit, mais le Premier Amour qui a l'air de sortir d'un frigo de boucher, l'œil hagard et les lèvres bleues, comme venant d'échapper à l'étreinte d'une côte de bœuf et d'un carré d'agneau. Il m'entraîne sur la plage, à l'abri des regards. Il sort une cigarette qu'il ne fumait pas autrefois et la consume sous mes yeux.

— Tu as à boire ?

— Encore ? Tu es devenue pire que moi.

— Tu pêches toujours autant ?

— Non… Je n'y arrive plus, j'ai pitié des poissons, ne te moque pas, mais j'ai de la peine pour eux, je fais de l'apnée, maintenant. Je vais à l'eau sans fusil et je descends dans le silence des profondeurs.

Il a une vieille bouteille de rhum à la main. Je n'aspire qu'à une chose, le coma. Je lui explique que c'est la raison pour laquelle je bois. Pour renoncer à la responsabilité et aux souvenirs, pour me plonger dans cet état qui précède le sommeil, la mort. Ce silence des profondeurs dont il parle.

— Moi, je me drogue pour l'effet inverse. Pour faire taire le silence.

— C'est comme ça, quand tu décides de vivre ici, il faut organiser le silence, il faut comprendre quoi en faire.

— Je le remplis par le bruit de la fête. Quand je suis sous l'eau, je supporte le calme. Au bout de cinq minutes sans respirer, l'absence de bruit devient une sorte de rêve soyeux, je me dis même que je pourrais rester là, en dehors du monde, fermer les yeux et embrasser le silence, mais il y a toujours ce moment où je remonte à la surface, avide de bruit.

Moana en tahitien signifie l'océan. Je sais qu'un jour, il y mourra.

— On m'a dit qu'y avait une nouvelle drogue.

— Tu veux essayer ? C'est très puissant. J'ai peur que tu le vives mal…

Il sort des petits cailloux de sa poche. Il m'explique :

— On va les frotter les uns contre les autres. Il suffit d'inhaler. Après on s'allonge et on ne bouge plus. OK ?

— OK.

— On fera un rêve ensemble, et surtout, si le cauchemar arrive, ne panique pas, y a rien à faire, c'est comme le sommeil, il faut juste attendre de se réveiller.

— OK.

La roche volcanique s'embrase. On sombre dans le rêve. C'est une petite maison en bois. Il y a le récif devant. De grandes statues en bois et un chemin en pierre. On fait un feu sur la plage. Il y a le ciel et il y a la mer. Toutes les choses sont en place. On entend un cri. Il pleure, me dit-il. J'y vais. C'est un enfant. Un enfant qui pleure. Cet enfant, c'est le nôtre. Je prends l'enfant dans mes bras et je pleure à mon tour. Un enfant à nous. Un enfant qui est sorti de mon ventre. Un enfant de moi. Mais l'enfant tombe de mes bras. Il rampe au sol. Je ne peux plus bouger. Il marche jusqu'à la mer. Ses pieds sont en sang. Ses petits pieds que je tenais dans mes mains. Transpercés par le corail. L'enfant s'avance dans la mer et il disparaît. Il se noie. Il se noie et tu ne fais rien ? Tu ne bouges pas ? Quelle mère laisserait son enfant s'écorcher les pieds contre le récif ? Mais bouge ! Bouge ! Va le récupérer ! Nage ! Il est encore temps de le sauver ! Je l'entends encore qui crie !

Ni lui, ni moi ne bougeons. L'eau entre dans nos poumons. Le froid élit domicile dans nos corps. C'est la mort.

Où suis-je ? Sur un bout de sable au milieu d'un vaste océan et je dors sur les squelettes d'animaux morts. J'ai les pieds dans l'eau et le Premier Amour dort sur mon ventre.

— Je ne veux plus jamais te revoir.

C'est la phrase que je prononce quand il ouvre les yeux. On s'est déjà quittés mille fois, je n'ai pas besoin de m'éterniser.

Les filles sont azimutées.

On range notre barda et on monte dans l'avion.

La fête est finie.

Saul, oh Saul, où êtes vous ? Qu'est-ce donc que l'amour ? Brando disait que ce n'est rien moins que regarder dans les yeux de Méduse. N'y a-t-il que deux sortes d'amour ? Ceux qui se vivent et ceux qui ne se vivent pas.

Dès que j'arrive à Tahiti, je décroche mon téléphone.

— Ah, Cheyenne, cette fête, racontez-moi !

— Combien d'amours existe-t-il, Saul ?

Et le voilà qui brave la règle des deux, et moi et Dieu savons ce que cela doit lui coûter.

— Un seul. Le vrai.

Et je sais que le seul amour qui vaudra jamais pour moi sera celui de Kaya. Il n'entend pas les sanglots dans ma voix, mais il demande quand même, avec un flair à la hauteur de la taille de son nez :

— Vous me le diriez si quelque chose n'allait pas ?

— Bien sûr, Saul, vous seriez le premier à le savoir.

On peut considérer que je ne mens pas vraiment. Ce n'est pas qu'une chose ne va pas. C'est que rien ne va. L'hôtel est inauguré, la fête est passée, le film est annoncé, le vrai boulot doit commencer, repérages, tournage, film, équipes. Le directeur de prod n'en finit plus avec ses doléances. Le Réalisateur n'est pas là. L'Acteur se cache, se drogue ou n'est jamais venu. Je suis à mi-chemin entre le désir du mieux et le désir du pire et je ne sais pas quel côté choisir.

Tout ce que Brando souhaitait, c'est que Tetiaroa demeure un endroit qui rappelle aux Tahitiens leur identité, ce qu'ils étaient et ce qu'ils seront. C'est pourtant devenu un abcès du tourisme de luxe, rempli de cocotiers sans coco et de désodorisants à l'hibiscus.

Comme Marlon, je voudrais sauver mon île de ses ennemis extérieurs, mais elle deviendrait alors la proie de ses ennemis intérieurs : totems et tabous, je ne donne plus cher de sa peau.

En parlant de tabous, je me souviens du dernier film tourné par Murnau. C'était en Polynésie. Nous sommes en 1941. Le tournage de *Tabou* est une catastrophe. Les emmerdes s'enchaînent comme des perles sur un fil de soie, pour aboutir à un magnifique sautoir d'embrouilles. Pour les Tahitiens, il n'y a qu'une explication. Murnau a violé un site sacré du *motu tapu* en déplaçant une pierre pour poser le pied de sa caméra. Or on ne rigole pas avec les sites sacrés, les sites tabous. Les *tupapau*, des fantômes bien de chez nous, se vengent. Quelques mois plus tard, Murnau meurt brutalement. Accident de voiture. Il percute un poteau électrique sur la côte californienne. Il meurt une semaine avant la première de *Tabou*. Voilà ! *You don't fuck with* tabous. Or que sommes-nous en train de faire ? Nous piétinons les anciens sites sacrés, nous profanons le sanctuaire de Marlon. Nous allons recevoir la visite des fantômes.

V

Le Temps du rêve

1.

— L'Acteur veut tous nous voir. Rendez-vous au Méridien à dix-huit heures. Le Réalisateur sera arrivé. Préparez-vous, ça va chauffer. Il veut changer tout le plan de travail.

J'entends la panique dans la voix de Lee. C'est le premier appel du directeur de production que je reçois depuis notre retour de Tetiaroa. Il a donc fini par pointer le bout de son nez et le bruit qui court, c'est qu'il se met à ressembler de plus en plus à Brando, époque *Révoltés du Bounty*.

Avec *Brando au paradis*, ce monstre que nous sommes en train de fabriquer, nous nous sommes mis en tête de refaire l'expérience du *Bounty*, de reproduire la vie de Brando, nous sommes en train de mettre sur pied un mastodonte hostile et ruineux. Nous sommes nous aussi en train de jouer avec la vie, nous convoquons les morts, encore une fois, nous nous prenons pour des dieux.

Karl Marx – de loin le plus fendard de tous les Marx – a dit que les grands événements se produisent toujours deux fois, la première fois comme une tragédie, la seconde, comme une farce.

Le tournage des *Révoltés du Bounty* avait été un fiasco sans nom, celui de *Brando au paradis* s'annonce comme une vaste blague. L'histoire se répète.

Groucho Marx – mon préféré de la famille – disait quant à lui : « Il est préférable de rester muet et d'être pris pour un fou, que de parler et ne laisser aucun doute sur le sujet. »

Je suis le conseil. Je me tais. Je reste sur mes gardes. Je suis le témoin muet de cette bizarrerie, remarquant silencieusement les similitudes croissantes avec le film de 1962.

Revenons un instant sur cette production surréaliste – épopée grandiose, décors hallucinants, trois heures de spectacle, opéra du septième art. C'est qu'à la fin des années cinquante, l'ennemi du cinéma était déjà la télévision. Hollywood en tire les conclusions : il faut que le spectateur en ait pour son argent.

Jusque-là, tout va bien. Mais le diable est dans les détails, et il va s'ingénier à se nicher partout.

Dans un premier temps, le réalisateur des *Révoltés* est Carol Reed. C'est en tout cas avec lui que Brando s'envole pour l'île des mers du Sud à la recherche des sites de tournage du film.

À partir de leur arrivée, le maître mot de l'aventure sera Catastrophe.

Première folie, on attaque les décors et les répétitions avant d'avoir un scénario. Les scénaristes se succèdent. Charles Lederer, Eric Ambler, Borden Chase, William L. Driscoll, John Gay, et même Ben Hecht, Marlon Brando les rendra tous fous, exigeant qu'on réécrive les scènes jour après jour. Les versions s'empilent, Brando fait jouer son droit de veto, personne ne tranche.

Et puis Carol Reed n'en peut plus. Retard de tournage, saison des pluies, antipathie de Brando, il se tire. On appelle Lewis Milestone en catastrophe. Le tournage durait depuis un an. Ils n'avaient que sept minutes de film en boîte. Il passera un an de plus sur ce plateau et verra se succéder encore une dizaine de scénaristes.

Brando se fâche avec tout le monde. Il empêche les autres acteurs de tourner. Il placarde ses répliques partout sur le plateau. Milestone dira les choses simplement : « Brando est un psychopathe. »

Bon an mal an, le film sort sur les écrans en 1962. Échec. La presse massacre. Le budget n'est pas couvert. La MGM accuse Brando d'être responsable de ce drame en quarante-huit actes.

François Forestier dit à propos de cette période : « Brando va se déchaîner. Dans toute l'histoire d'Hollywood, jamais on ne verra d'acteur plus capricieux, de tournage plus catastrophique, de mauvaise volonté plus évidente, voire de bêtise. Avec les *Révoltés*, Brando va devenir la diva la plus toxique du cinéma. »

Brando, soit. Mais la cause de tous les maux en 1961 était l'absence de scénario. Le scénario est l'âme d'un film. Sans cette âme, ou avec une âme aussi changeante que le bleu du Pacifique, la folie guette. Et ce n'est pas le Réalisateur qui me contredira.

Il est arrivé ce matin à l'aéroport. Je suis allée l'accueillir avec Lee, colliers de fleurs, embrassades, c'est merveilleux, quel beau temps, quel beau projet. Mais j'ai vu dans son œil pire que de la fatigue, j'ai vu le doute, j'ai vu la peur.

Dans la voiture, il dit qu'il est épuisé, mais que nous devons discuter du scénario. Nous avons beaucoup de travail. Il y a du bon. Bien sûr, bien sûr, j'acquiesce sans broncher. Lee annonce repérages, costumes, constructions. Le Réalisateur émet des doutes, c'est un peu tôt. On n'a pas le choix. Les équipes sont là. Il va nous livrer le plan de travail cet après-midi.

— On n'attend pas le rendez-vous avec la Star ?

Lee lève les yeux au ciel. Le Réal regarde le bord de mer de Punaauia et demande si l'eau est froide.

Après qu'il a déposé ses affaires dans son bungalow sur pilotis, le Réalisateur me retrouve au bar de l'hôtel. Je lui donne une nouvelle version modifiée du scénario selon les indications de Lee. Nous le parcourons ensemble. Il coupe, il bouge les scènes, il gribouille sur le texte.

— *That's it !* À toi de jouer.

Lee vient nous taper sur l'épaule. Il demande notre attention un instant. Voilà comment les choses vont se passer. Il y aura deux lieux de tournage. Tahiti et Los Angeles. À Tahiti, on sera en réalité à Tetiaroa, en décors naturels, des accords ont été signés avec l'hôtel. On a commencé la construction de l'ancienne maison de Brando. Une reproduction parfaite. Une partie des scènes sera tournée à Tahiti. Toutes les séquences qui concerneront le tournage des *Révoltés*, la vie de Brando avec Tarita et Cheyenne. À Los Angeles, on tournera en studio. La maison de Mulholland Drive, le meurtre de Dag Drollet, le procès de Christian, la mort de Marlon. Pas d'allers-retours. Un mois de repérages et de casting à Tahiti, deux mois de tournage, on enchaîne sur Tetiaroa, un mois, et deux mois à L.A.

Le Réal hoche la tête, je fais les calculs, un mois avant le début du tournage, ça fait court, pour le scénario et pour les préparations. Lee pense pouvoir réaliser cet exploit. Lee est un gars optimiste.

« C'est moi qui commande ce navire ! S'il y a un homme parmi vous qui en doute, qu'il fasse entendre sa voix. »

Cette réplique de Fletcher Christian dans les *Révoltés du Bounty* pourrait aussi bien être le cri de Brando sur le plateau que celui de l'Acteur quand il sort de sa chambre ce soir. Il est torse nu et porte un *pareo* autour de la taille. Des lunettes bleutées cachent ses yeux.

— Vous savez ce que les aborigènes appellent *le Temps du rêve* ?

Tout le monde se regarde comme s'il venait d'élaborer un nouveau théorème.

— C'est le thème central de la culture des aborigènes d'Australie, un temps mythique d'avant la création du monde, dont le processus est toujours à l'œuvre. Pour les aborigènes, la Terre est un livre sacré qui porte les traces laissées par les esprits créateurs, et les vivants communiquent avec eux en entrant dans ce *rêve* qu'ils perpétuent par l'art rupestre et les contes. Chaque famille est responsable d'une branche du *rêve* et se doit de le prolonger… Eh bien, moi aussi, je rêve, je rêve depuis des semaines…

Regards affolés d'enfants de cinq ans à qui on demanderait de décliner au subjonctif imparfait le verbe choir.

Je sais, moi, de quoi il parle. Il parle du myth qu'il doit inhaler comme de l'eucalyptus depuis qu'il est ici. Il rêve, de ce rêve mythologique d'avant la création du ciel et de la mer. Certains aiment se droguer en pensant qu'ils accomplissent un rite ancestral et cathartique.

Il ne croit pas si bien dire : ici, *le Temps du rêve* est partout. Mythologies au kilo. Nouvelle Cythère. Jardin d'Éden. Mais ce temps du rêve, c'est aussi celui des souvenirs, des êtres maléfiques du passé qui viennent hanter l'histoire. Nous participons tous à une nouvelle étape du *Temps du rêve*, à une nouvelle mythologie. À la poursuite d'un songe.

Et sans transition :

— *No way we're shooting in Tetiaroa.*

Je remarque qu'il prononce parfaitement Tetiaroa. On dirait un enfant du pays. Il aura trouvé une *vahine* pour lui apprendre où placer sa langue.

Il nous fait le topo : il s'est renseigné, il ne veut pas réitérer les erreurs de Murnau. Il est fou de cinéma muet. Il sait ce qu'il dit.

Mais les accords ont été signés. Les partenariats entre l'hôtel et les producteurs ratifiés. Lee balbutie, les équipes de repérage sont déjà arrivées, des tentes sont installées, la construction de la maison de Brando va débuter. Mais l'Acteur ne veut rien entendre. Il se paie le luxe d'être superstitieux. Il devrait pourtant savoir qu'être superstitieux porte la poisse. Il y a trop de *marae* à Tetiaroa. Trop de lieux sacrés. Les ancêtres vont rendre le tournage impossible. Le Réalisateur finira dans le ravin. Il faut tourner à Moorea, c'est plus sûr. Je le soupçonne d'avoir peur de s'ennuyer. On lui aura dit qu'il y avait plus de choses à faire là-bas. Il n'a pas tort.

Lee essaie bien de protester, mais le Réal a l'air soucieux. Décalage horaire ou crainte de la prophétie, il n'a aucune envie de finir emplafonné contre un poteau électrique. Qu'on lui propose un plan alternatif.

Lee déglutit. Il a beau avoir trente ans de métier, il trouve que ça ne sent pas bon.

L'Acteur est retourné dans sa case.

Je rentre à la maison par la route des plaines. La nuit est tombée. Il n'est pas encore dix-neuf heures.

2.

Le père a préparé le dîner. *Mahi-mahi* au court-bouillon, sauce hollandaise. Kaya a dressé une jolie table sur la terrasse. Elle a coupé une branche de bougainvilliers blanc qui trône entre les assiettes. La mère n'est pas là. Le père s'agite dans tous les sens. Kaya me prend à part.

— Sois gentille avec maman. Elle est six pieds sous terre.

— Pourquoi ?

— Elle vient d'apprendre que la vieille l'a déshéritée.

— Quoi ?

— Oui… Elle lui a donné tous les terrains.

Je n'ai pas besoin de demander à qui. J'ai compris. Notre grand-mère a privé notre propre mère et trois autres de ses frères de leur héritage au profit du fils n° 4. Le violeur.

— Il est sorti de prison et habite à nouveau chez elle, à la presqu'île. Il paraît qu'elle a appelé maman et l'a injuriée. Elle lui a dit que c'était sa faute, que c'était à cause d'elle que son fils adoré avait croupi en prison, qu'elle était bien obligée de l'aider, de le privilégier.

— Mais c'est pas possible, elle peut pas faire ça.

— Si, si, elle peut. Et elle veut qu'on quitte la maison. Le terrain est encore à son nom. Donc au sien.

Je reste interdite. Pas un son, une expression de stupeur et d'effroi, peut-être, et encore, je crois que rien ne bouge, le regard part loin, très loin et s'enfonce dans la mer.

Je vais voir ma mère dans sa chambre. On dirait qu'elle a pleuré. Je ne sais pas. Je ne l'ai jamais vue faire.

— Ça va pas, maman ?

— Pas trrrop chérrie.

— Tu veux en parler ?

— Pas trrrop… c'est juste que c'est trrop durr. Ta proprrre mère. Apprès ce qu'il vous a fait. Moi je suis quoi ? Un chien ? C'est lui qui a été désavantagé ?

— Il va falloir qu'on déménage ?

— Non, là, on a décidé de prrendre un avocat, on va pas se laisser fairrre.

C'est vrai que je n'ai jamais compris pourquoi elle n'avait pas coupé les ponts. Au moment du procès, ses parents avaient été affreux. Ils nous accusaient de mentir. Ils nous accusaient d'avoir provoqué le viol. Ils nous en voulaient. Ils nous regardaient de travers. Pas de cadeau à Noël, ils venaient à la maison avec des présents plein le coffre et ils partaient avant le dessert pour aller lui rendre visite en prison. Je n'ai jamais compris pourquoi ma mère avait pitié d'elle. À la mort de son père, elle a cru que c'était son devoir de s'occuper de sa mère, de l'aider. C'est elle qui allait à la presqu'île pour lui rendre visite le dimanche, c'est elle qui l'accompagnait à l'église, c'est elle qui lui remplissait ses papiers. Elle répétait, on n'a qu'une mère, vous pouvez bien comprendre, non ? Et après, elle sera morte et j'aurai gâché ses dernières années. Au fond de moi je pensais, tu privilégies ta mère au lieu de tes filles, tu nous infliges sa présence, tu nous forces à jouer cette comédie, et pour ne plus y penser, je suis partie, et je suis revenue le moins possible, j'ai détesté à distance cette grand-mère, j'ai essayé de comprendre ma mère, j'ai essayé de ne plus y penser. Mais, maintenant, la grand-mère nous offre ce feu d'artifice de méchanceté, elle nous fait la démonstration de l'amour inconditionnel d'une mère, protéger son enfant, envers et contre tous, sa famille, ses victimes, la morale, la société, la justice. Tout ça : aux chiottes. Ça ne fait pas le poids contre le petit être malfaisant qu'on a gardé pendant neuf mois au chaud dans son ventre.

Nous dînons en regardant la mer.

Entre deux bouchées, j'entends le murmure enragé de Kaya :

— *Voilà, on a trop attendu.*

— *C'est notre faute, elle est dangereuse, la vieille.*

— *Ils vont tuer maman.*

— *Il faut faire quelque chose.*

Comme toujours, la meilleure option c'est la fuite.

On a rendez-vous sur la plage à PK 18, du côté où le sable est blanc. Kaya m'accompagne.

— Je compte sur toi pour leur en parler ?

Kaya veut que je demande à Lee si elle peut être photographe de plateau.

— Tu vas venir avec moi. Quand ils te verront, il ne seront plus en mesure de refuser quoi que ce soit. Ça s'appelle le supplice de la beauté. Ça marche à tous les coups. Mieux que la goutte d'eau sur la tête ou l'électrocution. C'est imparable.

Le fait est que le sable de la pointe Vénus, à côté de chez nous, est noir. Ils ne veulent pas de sable noir. Ça fait faux. Ça fait pas Tahiti. Ils s'étaient déjà pris les pieds dans le tapis en 1961 et avaient importé du sable blanc de Los Angeles. Là, ils ont simplement décidé de tourner sur la côte ouest.

— *I got great news !*

Lee a l'air content.

— Ça arrange le Réal, ça arrange l'équipe, on ne va pas tourner à Tetiaroa, on va tourner à Moorea. On a déjà contacté la mairie de l'île. Ils nous accueillent à bras ouverts. Dès que le casting sera fait, on déménage toutes les équipes là-bas. Ils nous montent des tentes près du golf.

Le tournage est donc délocalisé. Je profite de la liesse générale pour lui apporter Kaya en offrande.

— Lee, voici ma sœur jumelle, l'autoriserais-tu à traîner sur le tournage, elle aimerait filmer et prendre des photos.

— *Great,* ça nous fera des bonus gratuits.

On se sert la main. *Deal !* Tout va pour le mieux sur la meilleure des plages de sable blanc du monde. Je suis la seule à me laisser gagner par la panique. Moorea, « l'île sœur ». D'ici, on la voit se dresser dans le ciel. C'est l'île du Premier Amour. C'est là qu'il est né et qu'il habite.

Le Réalisateur ne veut pas perdre de temps. Ils partent tous pour Moorea. On fera le casting là-bas. On va les rejoindre dans deux jours. J'ai des modifications à faire au scénario. Il veut commencer à répéter au plus vite. Il a une famille. Il va pas s'éterniser au beau milieu du Pacifique. Magnez-vous.

L'équipe s'installe au Pearl Beach, un bel hôtel de Maharepa. Là y a aucun doute, la mer est turquoise, le sable est blanc, on est dans le vrai. Il n'y en a qu'un à qui ça ne convient pas et qui refuse le bungalow le plus luxueux de l'hôtel. Ce quelqu'un c'est celui qui voudrait être le plus sauvage de tous, celui qui se prend pour un local, celui qui se prend pour Marlon Brando, celui qui ne sait plus qui il est, c'est l'Acteur.

Quand Brando arrive à Tahiti en 1960, la première chose qu'il fait, c'est refuser la suite que lui avait réservée la MGM. Il jette son dévolu sur un petit *fare* traditionnel en bois et en pandanus au bord de la mer. Il porte des *pareo* flottants laissant apercevoir son noble outil. Il met chaque matin une *tiare* à son oreille. Il dit qu'il aime être ici parce qu'il n'est pas Brando la star, il est Brando l'homme. Il peut se promener pieds nus, torse nu, porter ce qu'il veut sans que personne n'y prête attention. Il sait qu'ici, on est jugé sur des critères d'ici. L'Acteur veut faire pareil. La ressemblance devient saisissante.

Est-ce par mimétisme envers son idole, dévotion, ou est-ce vraiment sincère ? Nous l'ignorons, mais tout le monde est déjà à cran. Il réclame de s'installer avec son ami chaman, anthropologue non agréé, dans un *fare* de Temae.

Il copie une fois encore son aîné : lors du tournage des *Révoltés*, la MGM avait engagé en qualité de conseiller technique Bengt Danielsson, un anthropologue suédois vivant depuis longtemps à Tahiti. Danielsson était un expert de la mutinerie du *Bounty* et écrivait un livre sur ce sujet. La MGM l'engage comme collaborateur. Il est supposé vérifier la vraisemblance de l'ensemble. Avant le tournage, il visite l'atelier de la MGM à Culver City en Californie, où sont produits à la chaîne les accessoires et costumes tahitiens. Danielsson est scandalisé par le manque de réalisme de ces objets, de ces *uru* en plastique et des quatre cents perruques pour les figurants. Exaspéré, il démissionne. L'Acteur veut que tout soit authentique. D'où son ami anthropologue sorti du chapeau. Je le soupçonne d'être son dealer.

Quant à ce petit *fare* qu'ils ont déniché, je n'ai pas besoin de réfléchir plus pour comprendre qui lui a trouvé ce lieu. Le Premier Amour. C'est sa zone. Son territoire. Je n'y couperai pas. Non, je n'y coupe pas. Voici même un appel. La mère du Premier Amour n'a pas dit son dernier mot.

— Qu'est-ce que j'entends ? Tu es à Tahiti depuis des mois et tu ne m'appelles pas ?

— J'allais… j'essaie d'interrompre la belle-mère.

— Tu sais, on a vécu ensemble tellement longtemps… tu peux pas juste fairrre comme si de rrien n'était… tu es comme ma fille… je pense à toi tout le temps… la maison est trrriste sans toi et… mon garçon… il t'aime encorre, il t'adorre, tu lui as brrrisé le cœur.

La sœur écoute dans l'appareil. On étouffe des rires. Ce discours, on l'a entendu mille fois.

— Oui, mais tu sais, il m'a beaucoup trompée pour quelqu'un qui m'aime autant…

— Arrrrête ! Je viens de lirre une biogrraphie de Rodin, j'ai beaucoup pensé à toi, il était fou de Camille Claudel, mais il la rrespectait trrop, il se sentait inférrieur, comme mon garrçon avec toi, trrop de rrespect, d'amourr… alorrs pour se sentirr plus forrt, il sautait des serrvantes… c'est pareil avec mon garçon… ça n'a aucune imporrrtance.

— Oui… sauf que ton fils n'est pas Rrrodin.

— Viens à la maison quand tu seras à Moorea. J'ai un *ume* jaune que je pourrai faire pour le déjeuner.

Je l'ai trouvé au bord de la route. Y a du *taro*, du *mitihue* et du *fafaru*.

— J'essaierai de passer.

— D'accord, ma chérrie, je t'embrrasse, tu me manques. Je Regarde ta photo tous les jouRs.

Le *fafaru* est un mets traditionnel qui consiste en de l'eau de mer qu'on laisse fermenter avec une arête de poisson. Odeur épouvantable qui met au supplice les estomacs les plus accrochés. Je la sens d'ici. Il faut que j'évite Moorea.

3.

La mère nous dépose au bateau. Le *Aremiti 5* de sept heures trente. Il est à quai. J'ai fait tant de fois la traversée en espérant le retrouver, lui, le Premier Amour, le drogué, le fou de l'île d'en face. Moorea est à une demi-heure en bateau. Avant, on pouvait y aller en avion, un petit coucou, ça mettait cinq minutes, on décollait, on atterrissait, jusqu'à l'accident : quinze Français d'une mission politique morts après que l'avion s'est abîmé en mer. Un choc. Surtout pour les pêcheurs qui ont vu l'appareil s'enfoncer dans la mer et entendu les passagers crier, bloqués à l'intérieur, pas encore morts.

On se met sur le pont supérieur à l'extérieur. Kaya remonte des bières et des nems tout chauds. J'aurais préféré une mangue et un coco glacé, mais on ne lutte pas contre les traditions. Le catamaran démarre. Dans la passe, une baleine. Tous les passagers poussent des Oh et des Ah. C'est la mère qui aurait été contente. Les baleines, ça la transporte, nager avec elles, c'est peut-être la seule expérience qu'il faut faire avant de mourir, dit-elle souvent.

Et c'est le large, le bleu quasiment noir du large, l'écume qui rompt le calme plat de cet océan, mélange impeccable d'huile et de pétrole. Je repense à tous ces voyages que j'avais faits entre les deux îles, l'attente insupportable, la lenteur du catamaran, le cœur retourné par les vagues.

Le bateau s'emboîte dans le port. On est déjà arrivées. Moorea est différente de Tahiti. L'odeur. Les montagnes non encore éventrées par les habitations, la route ceignant l'île par le bord de mer. Le lagon à droite, les montagnes à gauche comme une illusion d'optique, les deux éléments finissant par se confondre et former les deux faces d'une même pièce.

Lorsqu'on arrive au Pearl Beach, l'équipe est en train d'admirer le groupe de danseuses de l'hôtel. Je reconnais des amies qui dansent le *tamure* pour les yeux des *popa'a*. Ils sont enchantés. Pas la peine de chercher plus loin. Ils engagent toutes les filles.

Ont-ils conscience de reproduire exactement les conditions de tournage des *Révoltés* ? Savent-ils que la MGM avait embauché la troupe de danse de Tarita au complet ? Font-ils les choses en conscience ou aveuglés par le soleil ?

On se cale dans l'entrée de l'hôtel avec Kaya. Elle filme l'arrivée d'une ribambelle de jeunes filles venant auditionner pour le rôle de Cheyenne. Une annonce est passée dans *La Dépêche*, on recherche une jeune fille typée de vingt ans, des garçons typés de vingt-cinq ans pour les rôles de Dag et Teihotu et une femme de trente ans pour celui de Tarita. Bien qu'elle n'ait eu que dix-neuf ans au moment de sa rencontre avec Marlon, ils préfèrent miser sur une femme pour que l'actrice puisse couvrir tout le film.

Le bruit court qu'on cherche les plus belles filles de l'île. Débutantes acceptées. La production veut avant tout du naturel. Des filles pas farouches, un peu chinoises, un peu tahitiennes, un peu caucasiennes, bronzées, n'étant pas effrayées par la nudité, étant libres de leur temps et de leur corps.

La production pense avoir tout organisé selon les règles de l'art, mais c'est compter sans les particularités locales. Selon Marlon, la singularité de cette société est qu'elle ignore les distinctions de classe. Les courbettes, les flatteries dont on entoure ceux qui se croient célèbres ou importants n'ont pas cours à Tahiti. Selon lui, encore, les Tahitiens ont une qualité exceptionnelle, ils ignorent l'envie. Il n'existe ni stars de cinéma, ni riches, ni pauvres ; on rit, on danse, on fait l'amour, on sait se détendre. Il raconte une anecdote qui eut lieu pendant le tournage des *Révoltés*. Un jour, une des actrices est *fiu*. Elle veut voir son fiancé. Elle en a assez d'attendre. Elle décide de rentrer chez elle. Le producteur la menace : « Tu ne peux pas partir, tu as un contrat, si tu pars, nous te ferons un procès. » La malheureuse ne comprend pas de quoi on lui parle, répond qu'elle a un chien et deux chèvres et que, s'ils ne sont pas contents, ils peuvent les prendre en dédommagement. Dialogue de sourds. La MGM menace de la faire arrêter. La fille hausse les épaules, dit : « D'accord » et s'en va. Pour Marlon, la raison est simple : Hollywood ne signifiait rien pour cette fille.

Je ne sais jamais avec Marlon si, comme dirait Vargas Llosa, on a affaire à un con angélique ou à un cynique du braquemard. Mais là, il a touché quelque chose du doigt. Ce qui a de l'importance ailleurs n'en a pas forcément à Tahiti. Ce qu'on aime ici, c'est rire, se moquer et s'amuser, surtout, ne se plier à aucune contrainte, laisser toujours le *fiu* avoir le dernier mot.

Mais tout ça, les producteurs ne le savent pas encore.

Kaya me tape sur l'épaule :

— Regarde, elles sont déjà en train de se barrer. Ça promet…

Une fille est appelée, on lui demande son nom, une caméra filme ses exploits. Elle regarde ses pieds et se cache derrière sa chevelure de *vahine* d'autrefois.

— Tokahi.

— *Sorry ?*

— Tokahi.

— Plus fort !

— *Ia,* ça fait honte, arrrrête, moi je m'en vais.

Kaya explose de rire. Ici, tout le monde a honte de tout. Demander l'heure, regarder dans les yeux. « Ça fait honte », juste derrière « Je suis *fiu* », est la phrase la plus prononcée sur l'île. « *E e,* ça fait pitié » entre en troisième position.

Les producteurs ne peuvent pas le comprendre. Ils ne réalisent même pas que « ça fait honte » signifie « j'ai honte », mais aussi « arrête de me regarder », « n'attire pas l'attention sur moi espèce de *farani taioro* ». Ils ne comprennent vraiment pas ce que la honte a à voir là-dedans. Ont-ils mal agi ? Lee est effondré. Il s'imagine déjà avec un procès aux fesses. Ils ne connaissent pas toutes les nuances de la honte. Ils ne savent pas, par exemple, que les Esquimaux utilisent la honte pour apprendre aux enfants à ne pas traverser la banquise. Pour faire passer l'envie aux enfants de mourir congelés sous la glace, quand ils la traversent pour la première fois, les adultes leur font honte pour leur apprendre à se méfier du danger.

Les filles défilent. La perle rare reste cachée.

L'Acteur fait une entrée fracassante dans l'hôtel. Il fonce sur nous comme s'il nous connaissait. Kaya filme son visage qui avance comme à travers la vitre d'un aquarium, façon *Las Vegas Parano*. L'Acteur s'approche de la caméra. J'ai peur qu'il veuille virer Kaya. Il baisse son appareil photo et la scrute sous toutes les coutures. Kaya est une grande beauté, longue, très brune, un grain de beauté au milieu du front, des traits merveilleusement fins, les cheveux noirs jusqu'aux fesses. Elle est la meilleure partie de nous. Elle est bouclée quand je suis frisée, elle est dorée quand je suis terne, elle est longiligne quand je suis dégingandée. L'Acteur la voit pour la première fois et reste frappé de stupeur. C'est elle, Tarita.

— *Stop the auditions. This is my WIFE !!!*

Nous ne sommes plus à une aberration près. Que Kaya, la mannequin chevronnée, apprentie réalisatrice, se transforme en actrice pour les besoins de ce tournage insensé ne choque personne. C'est au contraire assez rassurant de constater que tout s'organise en dehors de ce qui pourrait ressembler à du discernement, du bon sens ou de l'espoir. C'est comme si l'ensemble des acteurs impliqués dans ce fléau voulaient précipiter au plus vite la catastrophe.

Nous nous installons chez une tatie qui habite à Haapiti, en bord de mer. Sa famille possède la moitié de l'île, plus les deux *motu* splendides du lagon. Îlots où nous avons passé notre enfance à chercher des bernard-l'ermite et à martyriser des *rori*, les concombres de mer qui crachent un liquide blanc collant quand on leur appuie sur le ventre.

Tatie est très douce. Elle nous a préparé un grand lit avec un *tifafai*. On est chez nous, dit-elle, on fait comme on veut. Elle me dit que je peux travailler sur la terrasse si je veux. Elle a mis à notre disposition deux raquettes électriques pour tuer les moustiques.

Kaya regarde les images qu'elle a filmées pendant que je travaille sur la scène de la rencontre. L'Acteur n'est pas satisfait. Il veut qu'on sente le coup de foudre. Je dois faire une nouvelle proposition au Réalisateur.

Je repense aux images de *Lost in La Mancha,* le documentaire filmé pendant le tournage avorté du *Don Quichotte* de Terry Gilliam. Voici une bonne illustration de l'adage qui veut que « la réalité dépasse de loin la fiction ». Les ennuis qui ont jalonné le film ont abouti à son abandon pur et simple. Je préfère ne pas en parler à Lee et encore moins au Réalisateur, mais se sont-ils rendu compte que notre Acteur était déjà au casting de ce fiasco ? Il n'était pas responsable de la double hernie discale de Jean Rochefort qui se vit obligé d'abandonner le rôle titre, ni des F16 qui survolèrent le ciel du désert où ils tournaient, ni du tonnerre, ni du déluge. Mais enfin, il était déjà présent sur le tournage de cet échec, et il est là, aujourd'hui, à choisir les actrices et à disparaître pendant des jours dans la montagne.

4.

Les caprices de notre Diva ne seraient rien sans ses escapades nocturnes en mer. Ce matin, alors que Kaya est au maquillage pour ses premiers essais, il arrive en claudiquant, avec le pied en sang enroulé dans un tee-shirt de surfeur.

— Tout va bien, *no worries, nothing but a shark.*

Il s'est fait attraper le pied par un requin-citron alors qu'il nageait dans la passe de Haapiti avec des pêcheurs. Aussitôt, de solides Tahitiens embauchés pour la construction des décors s'avancent, armés de citrons verts.

— *Ia,* viens, on va désinfecter.

Ma mère n'est pas la seule à le penser : le citron vaut tous les remèdes. C'est mieux que l'alcool à quatre-vingt-dix degrés, c'est mieux que le mercurochrome. Quand on était enfants, on nous disait que c'était pour empêcher que le corail pousse sur l'os.

On assied l'Acteur dans le sable et on lui fait subir l'épreuve du citron. Il crie, il rit, il a l'air content, son pied est dans un sale état. Lee regarde dans le ciel et voit des *vini* voler.

— *It's not possible,* tu peux pas faire ça.

— Mais c'est rien, dit l'Acteur en regardant couler le sang.

— Tu dois aller à l'hôpital !

— Pas du tout. Je suis un autre homme, ici. Je me soigne comme les gens d'ici.

L'Acteur refuse de faire des répétitions. Le Réal n'en peut plus. Ses oreilles fument. Tout le monde le voit.

La Diva prétend qu'il est insatisfait du scénario, qu'il ne peut pas jouer des scènes aussi artificielles. Et il me renvoie sans cesse dans le dos de tout le monde écrire des scènes que personne n'a prévues. Il veut durcir, renforcer, donner plus de chair. Je suis d'accord, mais la production est un petit tyran à l'eau de rose.

Il est à deux doigts de nous rendre tous fous. Et s'il y a bien une chose que je déteste, c'est l'instabilité. Vite, des images qui me rassurent. Un rocher planté dans la mer. Un barrage. Un sumo assis par terre. Un poteau électrique. Un tronc d'eucalyptus.

Cependant, je ne sais pas s'il est vraiment responsable de ce cirque. Peut-être que c'est moi et uniquement moi qui fais tout foirer. Marlon l'avait déjà dit : « Si vous envoyez une équipe chargée de réaliser un film de plusieurs millions de dollars dans un endroit où, conformément aux indications de la météorologie, on rencontre, de l'avis général, les plus mauvaises conditions atmosphériques de l'année et qu'en plus le scénario est inexistant, il y a manifestement une erreur quelque part. Or l'absence de scénario est à l'origine de tous les malheurs. Dès lors, les directeurs qui cherchent à brouiller les pistes prennent l'acteur principal pour le bouc émissaire. »

Le coupable n'est pas l'acteur et ses caprices, ce n'est pas non plus le colonel Moutarde avec sa machine à écrire dans le sellier, c'est bien la scénariste et son inanité.

Chaque jour offre son lot de bonnes surprises. Ce matin, l'équipe technique fait une découverte calamiteuse en ouvrant le hangar où était entreposé tout le matériel. Les caméras, les lumières, les projecteurs, les perches, tout a été volé. Disparu, envolé.

C'est le gang de Moorea qui est soupçonné. Les vols ont pris une ampleur sans précédent sur l'île. Les jeunes s'ennuient. Ils regardent des séries. Ils fument du myth, du paka, de l'ice, tout ce qu'ils trouvent. Et puis ils vont dans les résidences et ils volent.

Trois membres de l'équipe technique se mettent en route pour récupérer le matériel. L'un d'entre eux m'apprend qu'on surnomme Moorea « l'île aux voleurs ».

— *Ia* c'est plus ce que c'était. Les jeunes y savent plus quoi faiRRe. Mais t'inquiète pas, moi je sais où est le matéLiel. Il est chez le cousin à Francis.

— Qui ?

— Ça, *pai*, le neveu à Ferdinand.

— Je connais pas.

— Mais si, c'est le frère à Tumata, *pai*.

— Ah…

Je n'ai aucune idée de qui il me parle et je les laisse partir pour leur chasse à l'homme et aux caméras. Ils embarquent quatre coupe-coupe et un jerrican d'essence. Je ne veux pas savoir ce qu'ils préparent.

Outre ce petit détail, les constructions avancent bien. Les repérages aussi. On a trouvé la maison qui sera celle de Marlon, un magnifique bungalow en bois au bord du lagon. Pour ce qui est des scènes de Tetiaroa, elles seront tournées sur le *motu* de notre tatie. Pas besoin de construire, ils gardent la maison de notre famille pour tenir le rôle de la cabane de Brando sur son atoll.

Le tour est joué.

Kaya apprend son texte.

J'écris et réécris ce scénario sans fin.

Mais il n'y a pas que de mauvaises nouvelles, il y en a aussi d'exécrables. Contre lesquelles on ne peut rien faire. Ni courir après des voleurs, ni convoquer la justice, ni dissimuler un calmant dans le *fafaru* de l'Acteur.

Le ciel gronde.

Winston, le méchant cyclone, ne va pas tarder à arriver. C'est en tout cas ce qu'affirment tous les météorologues du territoire. Dans quelques jours, il va déflagrer sur Fidji, ensuite ce sera notre tour.

Les autorités sont très inquiètes. Des fascicules circulent sur toutes les îles. Alerte cyclonique. *Fa'aarara'a vero rahi.* Les gestes qui sauvent. *Te mau tapa'o faaora.* En partenariat avec Méteo France et la République française. Regardez et écoutez Polynésie 1ère en FM et en MW ou AM sur 738 KHz. N° vert : 444 210, activé après décision du haut-commissaire.

La production a reçu des instructions. Interruption du tournage jusqu'au passage de Winston. On ne peut prendre aucun risque. Nous recevons tous l'ordre de nous rassembler dans la grande maison de la production et de ne pas en sortir.

Contre toute attente, l'Acteur respecte les consignes et s'installe dans la position du lotus au milieu de la maison. Il fourmille d'idées. Il a eu une vision, dit-il. Il pense que la double voix off ne va pas. C'est le jeune Marlon qui devrait s'entretenir avec le Marlon âgé. Comme ça, on pourra intégrer des flash-back de

Marlon jeune, star montante. Telle est sa nouvelle marotte.

Mais qui pour jouer le jeune Marlon ?

Aussi étrange que cela puisse paraître, Longjumeau a une idée. Lui aussi. Un jeune acteur français très prometteur. Il a donné la réplique à Isabelle Huppert. Il a des couilles. Il est beau comme un dieu. Il a la même bouche que Marlon. Ça fera des points supplémentaires pour la coprod française. Jackpot au CNC. Il n'est pas encore trop connu. Il explosera après ce film. Il faut qu'il travaille son accent. On va faire venir un coach. Le meilleur. Genre Rex Harrisson dans *My Fair Lady*. Personne ne saura dire si le jeune acteur prometteur a grandi à Omaha, Nebraska ou à Évry, Île-de-France.

Tout le monde est enthousiasmé. Tout le monde, sauf le Réalisateur. Je le sens sur le point de craquer. De tout lâcher. Il aime les défis, mais là, c'est une coalition pour le faire échouer.

Quant à moi, je me retrouve avec sur les bras un Marlon jeune en version star montante française, un Brando vieux qui est en réalité une star internationale en version anglaise. Tout ça à Tahiti où tout le monde est trop *fiu* pour arriver au bout d'une phrase. Alors d'une scène ? d'un plan ? d'une séquence ? d'un film ?

Je devine la véritable raison de cette histoire de Marlon jeune. L'Acteur veut limiter ses apparitions. Encore une fois, il mime Brando durant le tournage d'*Apocalypse Now*. En 1976, lorsque Brando arrive aux Philippines pour tourner ses scènes, le tournage est diablement en retard, Coppola a des ennuis avec son cadreur, il ne sait pas comment finir le film, le scénario est bancal. Marlon n'a pas envie de s'éterniser dans ce traquenard. Il convainc donc Coppola que son personnage sera d'autant plus fort qu'il sera utilisé avec parcimonie. Il faut qu'on sente sa présence, mais qu'il reste invisible pendant une grande partie du film. Pour que Kurtz puisse incarner la quintessence du mal, il doit rester mystérieux et lointain. « Je réussis à fourguer ma camelote à Francis, qui donna dans le panneau comme un seul homme. Mais, à vrai dire, ce que je cherchais surtout depuis le début, c'était un moyen de raccourcir mon rôle pour me donner moins de boulot. »

Et voilà que l'Acteur me fait le même coup. Il veut rentrer à Los Angeles. Sa femme lui manque. Le jeune acteur prometteur est son salut.

Et pour être sûr de couper court à toute tentative d'amélioration de la situation, il exige qu'on intègre Winston au tournage. Il dit qu'il a beaucoup lu sur Marlon et que les ouragans prennent une place très importante dans son autobiographie. Il a souligné des passages entiers qu'il nous lit :

— « J'étais sur mon île, au début des années quatre-vingt, quand des météorologues de Papeete nous avertirent qu'un ouragan, qui s'annonçait aussi destructeur que celui d'autrefois, était en train de se former dans une dépression tropicale près de Bora Bora. L'île fut bientôt cinglée par le vent, le baromètre plongea, la houle à l'extérieur du récif se fit plus forte, et la météo nous prévint que le gros de la tempête atteindrait Tetiaroa dans les quarante-huit heures. (...) Une semaine plus tard, l'ouragan s'abattit sur Tetiaroa avec toute la fureur d'un ange exterminateur. (...) Il y eut d'abord des vents furieux, puis les vagues se fracassèrent sur le récif avec une telle force qu'on avait l'impression qu'une armada nous bombardait depuis le large. Mais c'est le *son* de l'ouragan qui paraissait le plus terrifiant. Cela avait quelque chose d'un opéra wagnérien : le grondement sourd des vagues qui martelaient les récifs et le hurlement du vent dans les arbres, comme dix mille Mongols à cheval poussant leur cri de guerre derrière Gengis Khan. » Je veux tourner cette scène, poursuit-il. Débrouillez-vous pour l'intégrer au scénario. Suivez-moi ! Je vais vous montrer comment on pourrait faire.

Nous regardons tous l'Acteur courir hors de la maison et s'emparer de sa planche de surf. Lee crie :

— Non, *please, no, it's fucking dangerous.*

Dehors, la pluie se déchaîne, Gengis Khan, Wagner, invasion de la Pologne... mais l'Acteur nage jusqu'au récif. Nous faisons tous des grands mouvements pour le rappeler sur le rivage. Mais rien à faire. Même Kaya tente le tout pour le tout :

— *Please, come back !*

Mais l'Acteur prend de l'élan et chevauche la vague, il se lève sur sa planche, crie de joie.

— *I'm alive !!! I'm a god !!*

Le ciel continue de rugir et pousse son dernier cri. La foudre fracture le ciel et vient s'abattre au sommet du crâne de notre acteur de génie.

Lee perd connaissance.

5.

L'Acteur est envoyé en urgence à Los Angeles. Il est dans un état critique et délire à plein tube. La menace cyclonique s'est accentuée. Lee a des vapeurs. Interruption du tournage jusqu'à nouvel ordre. Tout reste en suspens en attendant le passage ou la déviation de Winston. Il ne s'agit plus que de tempêtes et d'intempéries, la vie de notre Star est en jeu.

Et comme toujours, au bon moment, comme un *deus ex machina* venu interrompre la monotonie des jours, je reçois un appel. C'est maman :

— Il a recommencé.

Voilà comment, sur un coup de téléphone, nous sommes à nouveau rentrées à Tahiti, car l'oncle ne s'est pas contenté de sortir de prison et de voler l'héritage de ses frères et de sa sœur, non, il a recommencé. Mon oncle violeur a fait la seule chose qu'il sait faire : violer une petite fille.

VI

La Vengeance aux deux visages

1.

« Les mots sont impuissants à décrire ce qui est nécessaire… à ceux qui ne savent pas ce que l'horreur signifie. L'horreur a un visage, et il faut se faire une amie de l'horreur. »

C'est un bout du monologue de Brando dans la peau du colonel Kurtz. *Apocalypse Now* n'est pas d'une gaieté folle. La faute à Conrad. Il n'est pas mentionné au générique, mais le film est une adaptation de son roman *Au cœur des ténèbres*. L'histoire se déroule au Congo belge et suit le personnage de Marlow, en charge de retrouver Kurtz, un marchand d'ivoire dont on a perdu la trace dans la jungle. Dans le film de Coppola, cette tâche devient celle de Willard, l'excellent Martin Sheen, mandaté en pleine guerre du Viêt-nam pour retrouver un colonel qui a disparu. Willard remonte le fleuve jusqu'à se retrouver face à Brando dans les abîmes de la jungle et ceux du cœur humain. La scène d'ouverture montre Willard en plein délire dans sa chambre d'hôtel, face à un miroir qu'il brise d'un coup de poing. Selon l'analyse de Martin Sheen, dans cette scène, Willard cherche le tueur en lui. J'en suis au même point. Je cherche la tueuse en moi. Et je suis à deux doigts de la trouver. Attention ! Âmes sensibles s'abstenir, des scènes pourront heurter la sensibilité des jeunes enfants et des vieux Juifs.

Les autorités demandent aux habitants de l'île de ne pas utiliser leur voiture. Le père ne peut pas aller travailler aujourd'hui, ni la mère aller acheter du thon rouge au marché de Arue, ni Kaya retrouver sa maîtresse à Papenoo, ni moi rejoindre Lee pour des repérages imaginaires. Nous sommes installés tous les quatre devant la télévision que l'orage n'est pas encore parvenu à réduire au silence.

Nous regardons un nouveau magazine de faits divers présenté par Helena. L'affaire du jour est un procès qui s'ouvre à Huahine pour viol sur les petites filles de la paroisse par le diacre du village.

Mon père soupire.

— Tout va pour le mieux dans le meilleur des mondes.

Ma mère soupire.

— *Aue,* ça s'aRRête jamais.

Le viol à Tahiti est comme le crack à la porte de la Chapelle, il est en libre circulation partout et dans toutes les familles. Est-ce parce que les gens vivent les uns sur les autres, que les oncles dorment avec les nièces et que les grands-pères lavent au tuyau les petites-filles dans les jardins ? Est-ce l'effet conjugué de la bière par litres et d'un grain de folie originel ? Si des semi-débiles fument de l'héroïne, il y a fort à parier qu'ils ne construiront pas les jardins suspendus de Babylone dans la foulée, non, ils se retourneront, regarderont autour d'eux et exulteront de la manière la plus appropriée selon l'heure et l'environnement : battre leur femme, menacer leurs voisins, tuer leur chien, baiser leurs enfants.

Les chiffres sont accablants : des centaines de procès pour viols, incestes, violences conjugales chaque année.

Pas un jour ne passe sans qu'un nouveau fait divers fasse la une des journaux : le grand-père violait sa petite-fille. Son calvaire a duré dix ans. Pas un jour sans qu'un procès pour pédophilie ne s'ouvre ou ne se clôture. Huit ans de prison ferme pour papy.

Pareil pour les maladies mentales. L'hôpital psychiatrique est bondé. On ne sait plus où mettre les fous, qui errent au bord des routes.

Et les présentatrices télé font de nouveaux magazines pour comprendre « l'air du temps ».

Ma mère a la larme à l'œil en voyant défiler les images des petites filles violées.

— *E e,* ça fait pitié pouR la famille.

La pitié n'est pas ce qui anime les protagonistes des *rape and revenge films*, ce sous-genre cinématographique dont l'équation est la suivante : une personne, souvent une femme, se fait violer. Cette personne, aidée ou non de ses proches, se venge. Viol et vengeance. Tel est le nombre d'or.

Le Dernier Train de Gun Hill de John Sturges est peut-être l'ancêtre du genre. Mais *La Source* de Bergman est aussi dans cette veine. *L'Ange de la vengeance* d'Abel Ferrara, où la pauvre Zoë Lund se fait violer à deux reprises avant de faire un carnage, en est aussi un parfait exemple. *Baise-moi* de Virginie Despentes, et, bien sûr, le fameux *Irréversible*, où la sublime Monica Bellucci se fait violer dans un couloir souterrain avant que Vincent Cassel ne fracasse le crâne de son agresseur dans une boîte de nuit sordide.

Inutile de donner plus d'exemples. Le cinéma est jonché d'histoires de sang, de sperme et de vengeance.

Se venger, donc…

Le tournage est interrompu. Les magazines people titrent sur l'Acteur : « Frappé par la foudre, Il se retire dans sa maison de Floride », « En tournage à Tahiti, Il rencontre une *vahine*. En route vers le divorce ? »

Le film en suspens, le ciel tout en grondements et menaces, je dispose de temps. Officiellement, je réécris les scènes de flash-back. Ascension de Brando, beauté de Brando, succès de Brando. Officieusement, mon esprit vagabonde. Il remonte des pentes abruptes. Il traque l'oncle violeur.

Apocalypse Now est l'histoire d'une attraction irrésistible, d'une remontée du fleuve pour un rendez-vous inexorable avec le Mal. Mon film suit le même trajet : une remontée vers la mer où le viol avait eu lieu. Comme si ma vie entière avait été tendue vers cette scène primitive.

Je ne l'ai jamais revu. Je ne me souviens pas de son visage. On ne sait pas à quoi il ressemble. Il est comme le personnage de Kurtz. Une présence obsédante. Avant d'apparaître à l'écran, il est dans tous les esprits mais personne ne l'a vu. Dans ma tête, c'est pareil : l'oncle marche pieds nus sur le récif, son visage est dans l'obscurité, je vois son dos se tordre de muscles. Un animal sans visage. Je ne me rappelle que son œil fou. Après le procès, il a fallu deux ans avant qu'il aille en prison, mais on n'approchait plus la presqu'île. Il y est resté cinq ans. Nous, on était à New York. On s'ingéniait à perdre la mémoire. On a presque réussi. Et puis il est sorti. Et puis il a recommencé. Avec la fiancée de son fils. Il est retourné en prison. Et puis il est sorti de nouveau. Il y a quelques mois, quand la sœur m'a appelée à Paris. Il a pleurniché. Malade, je suis malade, je dois me faire soigner, mais il a recommencé. On savait que ça arriverait, la sœur le savait, je le savais, mais personne ne pouvait rien faire qu'attendre qu'il recommence et qu'il soit enfermé à nouveau.

J'entends chuchoter dans la cuisine. La mère et la tante sont en plein conciliabule. Impossible de parler de lui, de ça, du frère n° 4. Il a recommencé. Avec notre plus jeune cousine. Quatorze ans. Violée à trois reprises. Cette fois, personne ne portera plainte. La grand-mère a pesé de tout son poids. La honte. Dieu. Toi qui diriges une église, tu vas porter plainte contre ton propre frère ? Il n'y a que ta sœur qui soit capable d'une telle ignominie ! Dieu jugera ! Dieu, pas les hommes.

Kaya fait comme moi, elle épie le moindre bruit, mais elle ne dit rien, je suis la seule à entendre :

— *Elles ne vont pas laisser faire ? C'est pas possible, pas encore. Il faut la faire piquer la vieille, elle est encore plus dangereuse que lui. Il faut aller le tirer par la peau du cul et le remettre en prison, hors d'état de nuire. Il faut le dégommer à la chevrotine et le laisser pourrir dans le caniveau. Il faut faire quelque chose ! Cheyenne !*

Faute de réponse de ma part, sa voix meurt doucement.

Faire quelque chose. C'est à moi de mettre un terme à ce cycle sans fin. Kaya me le demande. Elle m'avait demandé d'être présente à ses côtés pour partager ce fardeau. Nous sommes nées à deux, nous infligerons la sentence à deux.

Quand la vie se partage, la souffrance aussi. On la morcelle, on la divise, on la défigure. Le risque, en essayant de segmenter la souffrance, c'est de s'écarteler soi-même. Ce n'est pas qu'un risque. C'est ma vie.

Mon paysage intérieur prend les contours de celui de Kaya. Ses chemins deviennent les miens. Ses orages aussi. Nous sommes un seul et même tableau en métamorphose.

Seul un jet de sang pourra le fixer.
Se venger.

Marlon non plus n'est pas totalement étranger au mécanisme de la vengeance. Prenez le seul film qu'il ait jamais réalisé : *One-Eyed Jacks*, traduit en français par *La Vengeance aux deux visages*.

Comment passe-t-on d'un œil à deux visages ? *One-Eyed Jacks* est une expression. Elle désigne le couple du valet de pique et du valet de cœur, deux cartes où la figure du valet, de profil, ne laisse voir qu'un seul œil. Dans le film, elle fait écho au tandem formé par Marlon Brando et Karl Malden *alias* Rio et Longworth. Au début, ces hors-la-loi sont soudés, mais le couple se brise lorsque, à la suite d'un vol qui tourne mal, Malden privilégie sa survie et abandonne Brando aux Mexicains. Rio dira à son ancien associé : « Le valet de pique fait croire qu'il a du cœur. Mais je connais tes deux visages. »

L'histoire du film sera celle d'une vengeance patiemment et minutieusement orchestrée par Brando/Rio pendant son emprisonnement.

Ce western, tourné juste avant les *Révoltés du Bounty,* est son film jumeau. Ils ne proviennent pas du même utérus, mais il y a des thèmes communs – flagellation, masochisme, vengeance.

Pourquoi Brando aurait-il décidé de réaliser un tel film s'il n'était obsédé par sa propre destruction ? En 1955, il lance sa maison de production, la Pennebaker

Inc., en association avec son père et George Englund, en hommage au nom de jeune fille de sa mère. En 1958, il achète l'adaptation du roman de Charles Neider, *The Authentic Death of Hendry Jones* signée par Sam Peckinpah, alors scénariste inconnu pour la télévision. Brando engage Stanley Kubrick pour réécrire le scénario. Bien sûr, l'association ne marche pas. Brando veut imposer Karl Malden. Kubrick ne comprend pas de quoi parle le film. Il démissionne. Brando dit qu'il a alors fait le tour du monde pour trouver un remplaçant, demandé à Lumet et à Kazan. Mais personne ne veut le faire. Il n'a pas d'autre solution : le tourner lui-même ou s'inscrire au chômage.

Le résultat est un film magnifique, cuisant échec au box-office. Mais qu'importe, pour Tarantino, *La Vengeance aux deux visages* est « le mythe Brando personnifié et l'un des meilleurs premiers films de tous les temps ». Rien que ça.

Pour moi, c'est le compagnon idéal dans l'échafaudage du supplice.

Au viol succède la vengeance.

Ce temps est arrivé.

2.

La nuit tombe, précoce, il n'est pas dix-huit heures trente. L'alerte cyclonique est passée à l'orange. Les pluies diluviennes se précipitent dans la mer. Les montagnes sont vertes, si on oublie les antennes paraboliques et le béton armé, on pourrait s'imaginer dans le berceau du monde.

La mère prépare sa vengeance à elle, bataille juridique qu'elle a décidé de mener avec ses autres frères spoliés pour ne pas laisser leur héritage filer. Elle ne pleurniche pas. Elle est prête à tirer un trait sur sa mère. Elle ne quittera pas cette maison. Elle veut récupérer ses terrains. Elle remplit des papiers, des dossiers, des requêtes.

Le père ronchonne dans son coin. Il lit un livre de souvenirs culinaires écrit par James Salter et sa femme que je lui avais offert à mon arrivée.

— Écoute ce qu'il appelle un bon dîner. Ils ne connaissent rien à la cuisine et ils osent : « 31 décembre, repas magnifique : Saumon fumé d'Écosse, Pâté de campagne, Pâté de foies de volaille maison, Risotto con funghi, Salade de cœurs d'artichauts, Sorbet campari-orange » Pâté de campagne ! Tu t'imagines ? Un vrai plouc je te dis, ils feraient mieux à l'auto-grill de l'A1 en direction de Lille.

— Oui, mais tu sais, c'est un grand écrivain. *Un bonheur parfait* est un des plus beaux livres jamais...

— Un grand écrivain ? Un type qui aime le pâté de campagne ?

Pour mon cher père, il n'y a pas de bonheur parfait qui inclue un dîner médiocre.

Kaya est pomponnée, gloss sur les lèvres, brillant sur les joues. La boue n'y fera rien ce soir, elle est resplendissante.

Les cousines nous ont convaincues de les rejoindre au Blue Banana. La ville est désertée à cause du cyclone. L'affaire est en train de couler.

Je sais que la fête de ce soir ressemblera à toutes les fêtes de Tahiti. De la bière, des acides, un ukulele, du paka, du myth. Je sais aussi qu'elle sera différente.

Je reste à l'écart, au bout du ponton. Kaya disparaît au milieu de la foule. Je regarde les raies grises danser autour des restes de poisson lancés par le cuisinier. Savent-elles qu'elles se régalent de leurs semblables, que le bout de chair qu'elles avalent était encore, il n'y a pas si longtemps, situé sous la nageoire dorsale d'un petit mérou au regard bleu ? Même les poissons sont écœurants, ce soir.

J'échange quelques mots avec un vieux copain qui s'ennuie. Il a hâte d'en finir avec cette alerte cyclonique. Moi, pas du tout. Ça me laisse du temps avant la reprise du tournage. Mais je ne le lui dis pas. Je dis, moi aussi, vivement la fin, le soleil, que tout redevienne comme avant.

Kaya me fait de grands signes depuis la sortie. Elle est surexcitée.

— Regarde, dit-elle, j'en ai trouvé !

Elle me montre des petits cailloux de myth.

— Ah non ! Non, c'est horrible, pas ce soir.

— Arrête de faire la rabat-joie, avec moi, ce sera pas pareil, on va s'amuser.

— J'ai peur.

— Oh, tais-toi.

Elle me tire vers la sortie et on s'installe dans notre voiture, sur le parking. Kaya frotte les cailloux qui laissent échapper une fumée blanche. On inhale chacune notre tour au point de former une seule et lente respiration.

Kaya démarre la voiture et roule jusqu'à la presqu'île. On ne parle pas, on sait toutes les deux où on va. On roule vers notre passé. Le lieu du viol. Le sable noir. Il ne fait ni trop chaud, ni trop froid. Pour la première fois depuis des mois, on respire. La mer est plate. Zéro menace. Il n'y a pas de hache au-dessus de nos têtes ce soir. Le bourreau est en nous. Il n'y a d'arme que celle qu'on a entre les mains. Le long coupe-coupe que la mère a utilisé pour trancher le régime de bananes avant que la pluie ne l'écrase.

Ce long coupe-coupe qui se retrouve dans ma main. *Apocalypse Now*. Brando ne me quitte pas. À quel moment surgit finalement Kurtz ? C'est sa voix qu'on entend en premier. Apparaît ensuite l'arrière de son crâne. Le visage reste dans l'obscurité. Tout autour, il y a une fête où est sacrifié un buffle d'eau. À la presqu'île, comme dans le film, la nature a changé de physionomie. Anéantissement progressif du paradis, c'est l'enfer qui domine à présent. Cauchemar, névrose, goût du sang. Qui est l'humain, qui est l'animal ?

Je regarde Kaya. Est-ce un buffle, une hyène, une lionne ? Sa tête se dessine de profil, je ne vois qu'un œil et je ne connais pas tous ses visages.

Nous nous avançons vers le bungalow en bois de l'oncle violeur. Nous nous tenons bien droites face à notre passé. Kaya tient le coupe-coupe, je frappe à la porte. Il ouvre, son visage regarde la mer, il ne nous voit pas, nous ne le voyons pas, Kaya donne le premier coup. Le sang nous lacère le visage. Il nous attendait. Il n'y a pas de cri. Il y en a dans nos têtes. Si je les entends, Kaya les entend aussi. Plus fort, disent-ils, plus fort, qu'on en finisse. Le même cri, la même flamme, le même souvenir.

Je tire le corps sur la plage. Kaya m'aide à le porter dans la pirogue. On fait un feu sur le sable avec des cocos et des branches de *aito*. On regarde les flammes, la guerre et la punition. Ce n'est pas assez. Peut-être qu'il bouge encore. Il ne doit rien rester de lui.

Kaya s'approche du bras inerte qui pend au-dessus de la pirogue. Elle plante ses dents dans le bras. Elle mâche. Je m'approche à mon tour. Je m'attaque à la cuisse. La chair rompt sous nos dents. Et le reste ? l'arme du crime ? Son sexe, mangez-le ou il pourra s'en servir dans le royaume des morts. Nous nous exécutons. Le petit bout de chair flasque, nous l'arrachons du reste du corps, nous respirons enfin. Nous dévorons celui qui avait fait de nous ce que nous étions devenues. Nous étions comme les enfants-bestioles de *L'Île du docteur Moreau*. Nous mangions, non pas Marlon Brando, mais le créateur de nos souvenirs, nous réparions le mal qu'on nous avait infligé. Nous neutralisions sa force.

On met la pirogue à l'eau. On y met le feu. On la pousse vers le récif. Nous nous avançons dans l'eau. Nous nous purifions, tant et si bien que Kaya s'élève. Son long corps sort de l'eau, ses pieds se posent sur la mer. À mon tour, je quitte le sable. Des anges. Tenons-nous la main, nous sommes enfin des anges.

Nous émergeons dans notre lit, adossées au mur blanc, les pieds recouverts de sable noir. J'enlève les grains un à un. L'effet du myth commence à se dissiper. Les yeux de Kaya s'embuent.

Tout cela est monstrueux, on ne mange pas d'être humain, même s'ils sont eux-mêmes monstrueux. Pour Lévi-Strauss, il n'y a que deux sortes de sociétés. Celles qui rejettent leurs ennemis et celles qui les absorbent. Autrefois, le cannibalisme était habituel en Polynésie. Il s'agissait d'une forme d'anthropophagie positive, d'origine mystique, magique ou religieuse : ainsi, on ingérait un fragment du corps d'un ascendant ou d'un ennemi, pour absorber ses vertus ou neutraliser son pouvoir. Il faut affronter et assimiler les forces qu'on redoute pour les transformer en puissance. Bon, ça c'était avant, chez nous, chez les sauvages. Chez les civilisés, la mode est à l'anthropémie, du grec *émein*, vomir. Devant le danger, ils adoptent l'attitude inverse : ils expulsent ces êtres redoutables hors du corps social en les tenant isolés, sans contact avec l'humanité, dans des prisons. Deux écoles… Nous avons opté pour la version indigène. La prison n'avait servi à rien. Nous l'avons mangé. Nous avons remonté le fleuve et trouvé le monstre. Nous avons neutralisé son pouvoir en l'avalant. Au début d'*Apocalypse Now*, Willard dit : « Deux semaines à remonter un fleuve qui serpentait à travers la guerre comme un câble d'alimentation branché sur Kurtz. Ce n'est pas un hasard s'il me revient d'évoquer la mémoire du colonel Walter E. Kurtz, pas plus que mon retour à Saïgon n'est dû au hasard. Son histoire est inséparable de la mienne. Et si la sienne est une confession, alors la mienne l'est aussi. » Et voilà que je dois moi aussi faire une confession : nous sommes sur l'île de Tahiti, à l'aube du XXIe siècle. Je ne suis pas un homme. Ma peau n'est pas blanche. J'ai déjà mangé de la chair humaine.

— Ne t'inquiète pas, dis-je à Kaya. C'est très bien. Après ce qu'il nous a fait.

— Nous ?

— Le viol, notre viol ?

— Notre ?

— Bien sûr…

— Mais Cheyenne, toi, il ne t'a pas touchée !

VII

Faux raccord

1.

— … Qu'est-ce que tu racontes, Cheyenne ? Tu me fais peur.

— Mais souviens-toi, ce jour-là, dans la pirogue, toi dans la mer, puis moi… on a crié, on avait peur, on voulait rentrer à la nage, mais c'était trop loin, le récif, on se serait noyées.

— C'est ce qu'on a dit au juge, oui, c'était ton idée…

— Noyées, on se serait noyées… D'abord toi dans la mer, puis moi dans la pirogue…

— Arrête de répéter ça ! C'est plus la peine, on n'est plus au procès…

— Le récif… l'océan derrière, je le vois encore.

— Tu peux voir tout ce que tu veux, mais à toi, il n'a rien fait. Alourdir sa peine, alourdir sa peine, tu ne pensais qu'à ça. Tu es devenue l'architecte du mensonge. Tu l'as mis en scène, tu lui as donné corps avec une telle aisance, ce jour-là, j'ai pensé que tu deviendrais actrice.

— Mais, Kaya, je ne comprends pas, je te jure… je…

— Tu fais un mauvais trip, basta, je t'ai pas vue comme ça depuis ta descente d'acide d'il y a trois ans. Bois un café, mange de l'ananas, va te baigner, mais arrête de dire n'importe quoi.

— Mais… il est mort, maintenant…

— Arrête, c'est pénible, il est tard, on va dormir.

Kaya se recroqueville dans le lit tandis que j'essaie de me brancher sur sa fréquence télépathique.

— *Kaya ! Kaya ! Je t'en supplie, réponds-moi, il faut que tu m'expliques, il faut que tu me pardonnes. Kaya ! Tu m'entends ?*

Je le sais, soit les frères et sœurs s'aiment, soit ils se haïssent.

Kaya me hait.

Quoi ? J'en fais trop ? Kaya n'est pas dupe ? Elle lit en moi comme dans un livre ouvert. Elle voit tous mes efforts pour tenter de faire oublier la triste vérité : ça y est, on est en plein dedans. On est dans le tunnel. La partie molle des films. La dizaine de minutes en trop. Quand tout le monde commence à regarder son téléphone. Que va-t-il se passer ? On peut encore infléchir l'histoire. Quelle sera la fin ? Qui va mourir ? Qui va vivre ? Qui sera puni ? Qui déambulera dans l'existence rongé par la culpabilité ? Y aura-t-il une enquête ? Les jumelles seront-elles emprisonnées ? Le summum du suspense se transforme en partie d'ennui. Il y a des choses qui ne vont pas, et ça commence à se voir. Des choses entamées, non résolues. Des choses amenées, non exploitées. Des chemins ouverts, non empruntés. Nous en sommes au point où un retournement de situation serait bienvenu. Eh bien, il faut dire à Saul qu'il y a deux sortes de femmes. Celles qui ont été violées, et celles qui pensent l'avoir été. Voici mon image manquante. J'ai un *cliffhanger* sous le coude : je n'ai pas été violée. Dans la magnifique bande-annonce de *Sœurs de sang* de Brian de Palma, le film sur des sœurs jumelles meurtrières, on entend : « *One is innocent, the other is…* » Un cri recouvre la voix de la bande-annonce. *Guilty*, voilà le mot qui manque. Coupable. Non pas de la mort de l'oncle. Coupable d'avoir menti. Mais c'est moi que je mène en bateau depuis tout ce temps. C'est moi la victime. Soyez indulgent. On se calme et on rembobine. La seule question qui vaille est la suivante : vais-je enfin pouvoir me libérer de tous ces mensonges ?

La mémoire fonctionne comme le tournage d'un film. Les plans ne sont pas filmés dans l'ordre où ils seront montés. Ils sont tournés en fonction d'un tout autre découpage qui regroupe les scènes en fonction des lieux de tournage et des personnages impliqués.

Le montage, c'est l'organisation des plans tournés. Son arme principale : le raccord. Il existe certaines règles qui permettent d'assurer la cohérence entre deux plans successifs pour ne pas perturber la logique de la représentation. Le mot-clef, c'est la continuité narrative. Le montage a pour but de faire oublier la coupe. Profitant, dans un plan, du regard, d'un geste du personnage ou d'un mouvement de caméra, le raccord conduit en douceur au plan suivant.

Seulement, ce n'est pas toujours aussi simple.

C'est là que le faux raccord intervient.

Mes souvenirs sont autant d'erreurs venues se glisser dans la continuité des images.

Car la plupart des gens, comme la plupart des films, ont un processus de mémoire éclaté. Les souvenirs forment une masse hétérogène où les années se chevauchent. D'où un manque de cohérence, de crédibilité. Plusieurs entreprises – la psychanalyse, l'hypnose, l'introspection, autant de formes de montage – tenteront de mettre de l'ordre dans ce bazar et de rétablir de la linéarité, mais enfin, personne n'est à l'abri d'un dérapage.

Moi qui ai toujours pensé qu'un bon silence valait mille excellents dialogues, celui de Kaya m'empêche de fermer l'œil. Je me désagrège lentement à l'idée que j'aie pu m'approprier un souvenir qui n'était pas le mien, une image qui n'avait rien à faire dans le déroulement des séquences de mon existence. Dans mon propre montage s'est glissée une vérité qui ne m'appartient pas. Il me reste à vivre avec ce mensonge que j'ai créé de toute pièce alors que je n'étais qu'une enfant.

Le combat que se livrent réalité et fiction dans mon esprit commence à me faire vaciller. Je me sens devenir folle. J'en fais l'aveu, comme Coppola à la conférence de presse à Cannes où il présente *Apocalypse Now* et évoque la folie qui s'est emparée de lui pendant le tournage : « Nous étions dans la jungle, nous étions trop nombreux, nous avions trop d'argent, nous avions trop de matériel et, petit à petit, nous sommes devenus fous. »

Eh bien, c'est la même chose. Tous ces allers-retours sur le scénario ont eu un effet dévastateur. En faisant le voyage avec Marlon, je me suis perdue moi-même, prenant de plus en plus de distance avec le réel. Je ne sais toujours pas ce qu'il adviendra de *Brando au paradis*, je n'y ai plus pensé depuis le début de l'alerte cyclonique, je comptais sur Winston pour inonder tout ça et envoyer ce gentil mélo aux oubliettes. Je n'ai pas fini les modifications qui m'ont été commandées. Je n'en peux plus de corriger, changer, revenir en arrière, me projeter en avant. Toutes ces tergiversations ne sont pas pour rien dans la confusion qui est la mienne. Ai-je été violée ? Marlon Brando a-t-il déjà aimé ? Que s'est-il passé dans la maison de Mulholland Drive le soir du meurtre de Dag Drollet ? Cheyenne a-t-elle subi des attouchements de la part de son père ? Cheyenne a-t-elle été violée par son oncle ? Les Cheyenne sont-elles des menteuses ? Sont-elles des folles à lier ? Est-ce que toutes les Cheyenne finissent pendues ?

Le réel, il cesse subitement d'y pleuvoir. Il s'assèche et laisse apparaître les empreintes creusées par nos mains. On va déterrer nos secrets. Il est temps d'y voir plus clair.

— Il est mort, vous l'avez tué ! Vous l'avez tué ! Vous l'avez jeté en prison et vous l'avez assassiné !

La mère écoute, interdite, la grand-mère hurler au téléphone.

— Il est mort ! Il est mort par votre faute ! Toi et tes frères ! Toi et tes filles ! Vous avez tué mon bébé.

La mère raccroche. Elle délire, la vieille. De quoi elle parle ? On aura tout entendu. Il manquait plus que ça. C'est le monde à l'envers. Ça fait mal. Quand ta propre mère…

Kaya ne dit rien.

Mais l'oncle est bel et bien mort.

C'est ce que confirme l'appel de la gendarmerie quelques minutes plus tard.

— Madame, ton fLèLe, il est moRt.

Ma mère s'assied. On reste face à elle. Bouffé par des chiens, blessures multiples, mort par hémorragie interne. Trace de morsures sur l'ensemble du corps. L'inspecteur évoque un règlement de comptes autour d'un trafic de myth.

— Et tes filles, elles étaient où ?

— Ici, dans leur chambre, elles dorment encore.

On la regarde. Ment-elle sciemment ? Fait-elle ce que sa propre mère a fait avec son fils ? Nous protège-t-elle ? Ou croit-elle que nous n'avons vraiment pas quitté notre chambre ?

Je donne un coup à Kaya.

— Écoute !

Le père nous rancarde. Une enquête va être ouverte. Il est mort, ça ne pouvait pas finir autrement. Drogue. Chiens. Il s'est fait salement amocher. Le père ne cache ni sa surprise ni son plaisir. Il l'a bien mérité, en somme. Son seul regret est de ne pas l'avoir tué de ses propres mains. Il ne le dit pas.

Kaya tremble. Elle a peur. Mais elle n'a rien à craindre. Je le sais déjà, comme toutes les enquêtes sur cette île, elle tournera court. Pas besoin d'être devin, encore moins scénariste. Je ne veux pas vous gâcher une partie du plaisir, mais je vous le dis tout net. Les empreintes de nos dents ne seront probablement jamais découvertes. Peut-être dans mille ans, quand on retrouvera les os de l'oncle, on conclura, grâce au carbone 14 de l'époque, que le cannibalisme avait encore lieu sur l'île de Tahiti au XXIe siècle. Mais Tahiti n'existera plus depuis longtemps. Atlantide perdue aux fond des océans. Société de cannibales féroces. Mieux là où elle est.

Notre crime restera impuni. Pas de procès. Pas de réquisitoire. Pas de prison.

En lieu et place : un grand et beau mensonge, d'une classe supérieure, d'un standing international. Je me suis habituée aux petits boniments de saltimbanque, de danseur de cabaret, là, j'atteins un numéro digne de l'exposition universelle. J'aurais un stand gratis. Dans le rôle de la jumelle rabbine cannibale, mesdames et messieurs, veuillez applaudir…

Pas d'applaudissements, que du silence.

Alors je le romps :

— Kaya ! Tu vois ? Qu'est-ce que je te disais. Il est mort. Il est bien mort.

— Raison de plus. Laisse ce fantôme partir.

2.

— *He's back !*

L'espoir de Lee fait renaître le mien. Ses yeux pétillent.

— Le tournage va pouvoir reprendre ! dis-je pour l'encourager.

— Oui, enfin non. Il y a encore un petit souci. Il voudrait que tu réécrives la fin.

— Encore ?

— Il ne s'est toujours pas remis de la foudre. Il a un bandage autour de la tête. On dit qu'il a pété les plombs à Los Angeles, il est au bord de la rupture, sois gentille, fais ce qu'il demande.

Lee n'a pas dormi depuis des jours. Pouls rapide. Tension basse. L'Acteur refuse de reprendre le tournage dans ces conditions. Je dis qu'on n'a qu'à le remplacer par Val Kilmer. Il dit qu'il faut que j'arrête de faire la maligne. Je dis d'accord, désolée, je vais voir ce que je peux faire. Il dit qu'en trente ans de carrière, il n'a jamais vu un tournage aussi catastrophique. Je lui dis qu'il devrait ouvrir une roulotte et vendre de la bière fraîche aux locaux. Il dit Ha Ha. Et il part tristement faire des calculs et des nouveaux plans de tournage.

Et je vais à la maison où un nouveau retournement de situation m'attend.

On a une semaine pour quitter les lieux. La grand-mère a prévenu les gendarmes que nous occupons illégalement son terrain et sa maison. La mère est en pleurs. C'est nous qui l'avons construite, cette maison, c'est là où vous êtes nées, elle est à nous. Mon père essaie de la consoler. Oui, mais le terrain ne nous appartient pas. On n'aurait jamais dû faire les choses aussi mal. Sans acte de propriété. Mais c'est trop tard. On va partir et on va se reconstruire une vie ailleurs.

Je propose qu'on brûle la maison comme Charles Ingalls dans *La Petite Maison dans la prairie* : quand il se fait chasser, il fait tout exploser. Kaya esquisse un sourire, pour la première fois depuis des jours, elle me regarde.

La fin, il devient urgent de la réécrire. La fin. C'est la fin qui cloche. Personne ne veut d'un Marlon qui meurt. L'Acteur ne veut pas voir crever Marlon. Il n'est pas prêt pour ça. Le public non plus. Marlon ne meurt pas. *You can't kill a myth.*

Et pourtant, je veux bien mettre de l'eau dans mon vin. Soit on considère que chaque chose vit pour mourir, soit que chaque chose meurt pour renaître. Mais, dans les deux cas, Marlon doit mourir.

Le tournage est suspendu à ces quelques feuillets que tout le monde attend. Pourtant je n'y arrive pas. Ce qui m'aurait semblé un tout petit rien il y a quelques mois, un minuscule réajustement que j'aurais pu opérer en quelques heures de travail, ce grain de sable m'apparaît aujourd'hui comme une dune diabolique. J'ai trop menti. J'ai trop joué avec le réel. Kaya me l'a bien dit. Je me suis approprié des choses qui ne m'appartenaient pas. J'ai pillé à loisir. J'ai blessé. J'ai heurté. J'ai volé les souvenirs de ma sœur et des miens. J'ai altéré les souvenirs de Brando et des siens. J'ai pioché sans demander la permission. J'ai vampirisé avec l'avidité d'un rapace. J'ai épuisé toutes mes réserves d'hypocrisie et de simulacre. Je n'ai plus la force de faire de la fin une autre fin.

Saul le sent. *Knock out !* Je viens de me prendre un uppercut de plein fouet. Personne ne sait si je me relèverai. Il sait qu'il doit me gifler, arrêter l'hémorragie de mon arcade sourcilière avant que l'arbitre finisse de compter jusqu'à dix. Il sait que je suis au bord de l'épuisement, que je suis comme Terry Malloy, le personnage de Brando dans *Sur les quais*, que, s'il était là, je lui susurrerais à l'oreille :

— *I could have been a contender*... J'aurais pu avoir de la classe, j'aurais pu être une championne... J'aurais pu être quelqu'un au lieu de n'être qu'une tocarde, ce que je suis, il ne faut pas se leurrer.

Il sent que je vais craquer, il décroche son téléphone et coach Rosenberg s'en donne à cœur joie :

— Cheyenne, on repart en selle. La fin ! Vous êtes à deux doigts d'en finir. Ne me laissez pas tomber. Je vous en conjure, foutez-vous à votre bureau, sous une moustiquaire et *finish the job !* Il n'y a plus de cyclone, plus de risques, l'Acteur est là, notre destin est entre vos mains à présent. Il n'est pas dit que ce film ne se fera pas à cause de ma championne. Vous êtes ma pouliche, Cheyenne, courez, je veux vous voir passer la ligne d'arrivée.

En y repensant, je me souviens que c'est la fin des *Révoltés du Bounty* qui dérangeait Brando. Plusieurs versions de la dernière séquence ont été tournées. Plusieurs millions de dollars engloutis pour la scène finale.

Dans la réalité, les mutins partirent pour Pitcairn, s'y installèrent et brûlèrent le navire pour se débarrasser des traces de leur crime, sous les ordres de Fletcher Christian. Mais Marlon voulait une fin différente où son personnage observerait les mutins qui détruiraient son paradis, spectateur impuissant de la victoire du Mal. Dans la version finale du film, les mutins mettent le feu au *Bounty* en cachette pour empêcher Fletcher Christian de regagner l'Angleterre où il avait décidé d'affronter ses juges et de laver son honneur. Il meurt dans les bras de Maimiti en lui disant qu'il l'aime. Désolée pour le *spoiler.*

Tout ça est sans rapport avec la réalité historique. Mais qu'importe, Brando le disait lui-même, cinéma et vérité n'ont jamais fait bon ménage.

Est-ce le principe même d'une fin qui est désespérant ? Est-ce que la manière dont toutes les choses se dénouent sont décevantes ? Est-ce que la mort en elle-même ne gâche pas tout le plaisir ? Pourquoi rechigne-t-on autant à se quitter ?

Marlon pourrait nous en dire quelque chose. Comment a-t-il vraiment fini ? Obèse, incontinent, seul. C'est aussi de la réalité que je cherche à le préserver. Cette réalité dont tout le monde se fout et qui est si difficile à croire. Voici la fin que j'écrirais, si je n'étais pas aussi lâche :

MAISON - LOS ANGELES - INT. JOUR

Marlon Brando a soixante-quinze ans. Il pèse cent vingt kilos. Il a du mal à déplacer sa carcasse.
Il sort avec une belle femme de quarante ans. Il la raccompagne chez elle.
Il s'assied dans le salon.
Elle commence à se déshabiller.
Il l'arrête.

MARLON

Avant que tu ailles plus loin… je me demandais si tu avais par hasard un peu de glace.

FEMME

De quoi ?

MARLON

Ice cream, Häagen-Dazs, Ben & Jerry's, peu importe.

La femme s'éclipse dans la cuisine d'où elle ramène un pot de glace.
Marlon se pourlèche les babines et dévore la glace sans plus se soucier de la femme.

MAISON DE MARLON - LOS ANGELES - EXT. JOUR

Marlon est debout, derrière le mur de sa maison.
Du ciel tombent des petits paquets non identifiés.
Marlon se jette dessus.
Ce sont des hamburgers qui pleuvent du ciel.
Il les dévore un à un.

MAISON DE MARLON - LOS ANGELES - INT. NUIT

Brando joue avec son émetteur radio.
Il est seul, appelle à l'aide.

MARLON

Hi, my name is Jim Ferguson, I'm lost in the Pacific ocean…

MAISON DE MARLON - CHAMBRE - INT. NUIT

Marlon est allongé dans son lit.
Un fantôme passe au-dessus de lui et vient poser sur ses lèvres un baiser de mort.
C'est le fantôme de Dag.

FANTÔME DE DAG
Je n'aurais pas dû mourir.
Marlon se réveille en sursaut.

Je n'envoie pas ces quelques pages, non, à la place, je rédige un mail à l'attention des producteurs, de l'Acteur, de Saul, de Lee, du président et de Dieu, un message qui dit à peu près la chose suivante : Je n'écrirai pas d'autre fin. On ne fait pas ce qu'on veut, ni avec les vivants ni avec les morts. Brando est parti. Sa fille s'est suicidée. Il faut parfois prendre le risque de dire les choses telles qu'elles sont. Il faut parfois prendre le risque du réel. Je vous prie de m'excuser, je ne signerai pas ce film. Je vous prie de croire, blablabla…

3.

Notre histoire sera donc celle d'un scénario avorté. En tout cas, auquel je ne participerai plus. Mon nom n'apparaîtra pas au générique. Au placard. Peut-être même qu'il ne sera pas tourné, que les bobines seront hypothéquées par les assurances. Et certains films ne se font effectivement jamais. C'est ce que je me dis pour me rassurer. Le premier scénario que j'ai écrit n'a pas été tourné. Le deuxième non plus. Le troisième a été massacré. Après tout, un scénario, ce n'est rien. C'est un objet transitoire. C'est le spectre d'un film. Ça n'a même pas vocation à exister en tant que tel. C'est un document qui sert au montage financier, que les acteurs apprennent par cœur pour se repérer dans les méandres du tournage. C'est un marqueur utile. Ou alors, quand le film marche, devient mythique, on le ressort et il devient une trace du chef-d'œuvre.

L'histoire du cinéma recèle un nombre incalculable de ces films fantômes qui n'ont jamais vu le jour.

Le Scénario Proust d'Harold Pinter devait être tourné par Jospeh Losey. Projet abandonné. Mitterrand aurait dit que seul un Français pouvait comprendre Proust. Circulez, Pinter et Losey ! Visconti, pareil. On dit qu'Helmut Berger faisait pression sur lui. Il aurait tenu le rôle de Morel, c'était trop petit, pas assez à sa gloire. À la place, Visconti a tourné *Ludwig*. Berger était content. Rien que sur la *Recherche du temps perdu*, on dénombre au moins trois projets tués dans l'œuf.

Et puis, il y en a dont le tournage débute, mais qui périclitent. Comme *Lost in La Mancha*, on l'a vu. D'autres que l'on sauve *in extremis*. Werner Herzog a d'abord tourné *Fitzcarraldo* avec Mick Jagger, avant de tourner à nouveau l'ensemble du film avec Klaus Kinski suite aux maladies incessantes de la rock star. *Apocalypse Now* a failli ne jamais voir le jour et le tournage de *Queimada* de Gillo Pontecorvo aurait pu s'arrêter à plusieurs reprises.

En somme, si on observe avec passion la genèse des films, on sait que le chemin est si semé d'embûches que peu d'athlètes atteignent la ligne d'arrivée.

J'avais fait partie des favoris. J'avais démarré avant le coup de feu. Je n'avais pas transformé l'essai. Je m'étais épuisée en métaphores sportives. Je n'avais plus de souffle. J'allais peut-être ajouter ma pierre à l'édifice des grands films fantômes, films fantasmes et autres cavaliers sans tête et ectoplasmes flous.

Auréolée de tous ces échecs devenus mythiques, je ne m'inquiète pas. Une fois encore, j'ai réussi à décevoir Saul et à ne pas tenir mes engagements. J'ai interrompu le mensonge. Je suis minable. Je vais devenir légendaire.

Les appels en absence de mon protecteur se comptent sur les ventouses d'un tentacule. Le seul calcul que j'opère est le temps qu'il faut aux feuilles du scénario pour prendre feu. Peu.

J'attends le prochain kippour avec impatience. Je vais jeûner. Dieu n'y verra que du feu. Je finirai bien par être accueillie au paradis à bras ouverts.

Sur la fin de ma vie, j'aimerais pouvoir dire, comme Marlon : « Les souvenirs de cette époque vont et viennent dans mon esprit comme ces clochards qui rôdaient près des voies ferrées, non loin de la maison. Ce qui me surprend, c'est que de ces pans de passé qui resurgissent, la honte et la douleur me soient miséricordieusement épargnées. »

Adieu honte, douleur, veau, vache, cochon, couvée.

Je vais raser les murs quelque temps.

Saul finira bien par m'oublier.

On a tous fait nos valises, rangé notre vie dans des cartons. La mère a beaucoup pleuré. Le père a beaucoup ruminé. On va aller s'installer chez un des frères de ma mère en attendant. On préfère s'éclipser avant que la vieille débarque avec les gendarmes.

Alors que je m'apprête à quitter définitivement ce lieu, je demeure très calme.

La plus belle des vengeances est-elle celle qui s'accomplit ou celle qui se réforme, celle qui renonce ? En regardant une dernière fois cette maison de mon enfance, je pense à *La Vengeance aux deux visages*, je m'aperçois que je n'ai peut-être pas su voir la vraie leçon du film. En effet, plus que l'accomplissement de la vengeance de Brando, ce qui compte, c'est que les mensonges ont un prix. Le personnage va devoir payer la note. Ma soif de vengeance m'avait aveuglée sur le véritable sens du film.

En réalité, il raconte le parcours de Brando vers la sincérité, le chemin de croix de ce personnage supplicié et la catharsis du réalisateur. Et les deux Jacks, les deux visages sont en fait les deux parties de Rio lui-même : le bourreau et la victime.

La fin du film est assez ouverte. Rio a réussi à s'échapper. Il a retrouvé Luisa. Elle sait qu'il l'aime. Il lui promet de revenir quand les choses se seront un peu calmées. Luisa attend un enfant. Rio est prêt à devenir père. Voici encore un exemple dans la filmographie de Brando que la rédemption par l'amour est possible. L'amour rachète. L'amour transforme. L'amour sauve.

Car Brando n'a pas seulement cassé les couilles du tout Hollywood à propos de la fin des *Révoltés*, mais aussi à propos de celle de *La Vengeance aux deux visages*. Il avait tourné une fin très noire où Malden tuait Luisa car elle avait été déshonorée par Brando.

Le film était irregardable. Les gens avaient envie de se jeter par la fenêtre. Les studios l'ont forcé à tourner une fin plus gaie, plus ouverte. Brando s'en sort, il retrouve Luisa et ils se font la promesse de se retrouver.

Ainsi, l'enjeu de mon parcours n'aurait pas dû être la satisfaction de ma soif de vengeance, mais la renonciation, la quête de la lumière, la vérité rétablie, la sincérité retrouvée. J'aurais dû, moi aussi, accepter une fin plus ouverte.

Je dois payer mes mensonges. Je dois payer ma dette à Marlon Brando. Cet exil en est le prix.

Je songe aux hivers volcaniques, ces moments de chute météorologique qui surviennent après une éruption et qu'on associe au climat qui adviendrait après une apocalypse. Je me sens prisonnière de cendres, privée de soleil, courant après des souvenirs fracturés de rayons verts. Il faut que je parle à Kaya. Qu'enfin, la parole se libère. Parle ! Dans le dialogue se trouve la clef de tous les mondes. Qu'importe à présent de savoir si j'ai été violée ce jour-là. Si je me suis approprié ce souvenir, si tout ça n'a été que le virage négocié par mon esprit pour supporter de ne pas avoir vécu la même chose que ma sœur. Je devrais lui demander pardon. Lui expliquer. Qu'il fallait que nous ayons partagé la plus vive blessure, celle qui a surgi sur la ligne frontière de l'origine. Que ce drame de l'enfance est le nôtre. Que tout ce qui lui est arrivé m'est arrivé aussi. Elle ne pouvait pas, seule, porter le souvenir de choses aussi laides.

Nous devions, ensemble, être des souvenirs de beauté. Nous devions être des anges. Nous partageons le corps, l'esprit, le passé, le Bien, le Mal, le souvenir. Nous sommes une seule et même mémoire. Nous sommes une seule et même personne.

Nous demeurons un instant sur le seuil de cette maison en bois, posée sur un bras de sable noir, à deux pas du grand océan. Nous contemplons ce que nous avons été et ce que nous sommes encore. Une famille heureuse. Il ne nous reste plus qu'à effacer nos traces. Qu'à nous recroqueviller dans une panière, tous les quatre, comme des petits chiots, qu'à penser à une scène qui formera le premier et le dernier souvenir :

TETIAROA - BORD DE MER - EXT. JOUR

Marlon est au bord de la plage entouré de Tarita, Teihotu et Cheyenne. Il a son matériel de pêche près de lui.
Cheyenne est une petite fille aux yeux noirs.
Teihotu, un petit garçon à la peau brune.
Le soleil descend. Il va bientôt disparaître derrière la ligne de l'horizon.
Marlon entre dans l'eau avec son fusil.

MARLON

Tarita, tu t'occupes les enfants,
papa il va pêcher le poisson.

TEIHOTU

Je veux une carangue, moi, papa !

CHEYENNE

Et moi un petit perroquet bleu !

MARLON

D'accord, les enfants, restez là, papa il revient bientôt.

Marlon les regarde une dernière fois et plonge dans l'eau.
À l'horizon, alors que le soleil tombe derrière la ligne, un rayon vert illumine le ciel.

Épilogue

— Voilà Saul, vous savez tout… Je vous ai raconté la vérité, toute la vérité et rien que la vérité.

C'est écrit dans toutes les langues autour de nous : *Manava*. Bienvenue à Tahiti. *Tahiti welcomes you*. Il y a des femmes qui dansent et distribuent des fleurs de *tiare*. Nous sommes à la sortie des douanes de l'aéroport de Tahiti. De longs mois se sont écoulés depuis que Saul m'a envoyée ici écrire *Brando au paradis*. De longues heures depuis que j'ai débuté le récit de ce fiasco Brando. Il m'a écoutée patiemment malgré la chaleur. La journée touche à sa fin. Il a mis un panama sur sa tête. Je regarde mes pieds. Le tarmac fumant derrière nous. Un avion vient d'atterrir. Un autre s'apprête à décoller. Il s'éponge le front tandis que je poursuis :

— Je crois, encore une fois, que c'est Shakespeare qui avait raison : la vie est un mauvais film tourné par des idiots, plein de bruits et de faux raccords et qui ne signifie rien.

— Là, Cheyenne, c'est moi qui vous arrête... Tordre les citations comme ça... Vous racontez trop de craques. Ça fait des heures que je vous écoute et à vue de nez une bonne partie que vous mentez.

Ce malheureux Saul n'a pas bronché depuis son arrivée à l'aéroport. Il a bouillonné comme une cocotte-minute mais n'a pas ouvert la bouche. Il a suivi chacune de mes mésaventures comme un télé-spectateur avide. Alors j'en rajoute. Je mets des larmes dans mes yeux. Je le vois fondre. Il tombe toujours dans le panneau.

— Je ne mens pas. Je ne fais que copier les maîtres pour vous tenir en haleine. Dans *Au cœur des ténèbres*, le documentaire tourné par la femme de Coppola sur le tournage d'*Apocalypse Now*, on voit Francis Ford expliquer qu'il a fait volontairement le film le plus vulgaire, le plus commercial, dans lequel il a mis le plus d'action, d'excitation, d'émotions fortes, de sexe, de violence, d'humour, pour la simple et bonne raison qu'il voulait que les gens aient envie de le voir. Qu'ils se déplacent et qu'ils le voient jusqu'au bout. J'ai tenté moi aussi d'employer les moyens les plus vulgaires pour vous tenir éveillé, j'en suis consciente, mais je sais que le décalage horaire peut assommer les grands insomniaques. J'ai mis tous les ingrédients du mélo le plus prosaïque : du sang, du sexe et des larmes, comme disait l'autre. Je ne suis pas fière de moi, mais si vous m'avez écoutée jusqu'au bout, la fin justifie les moyens. Et d'ailleurs, je n'ai pas menti, pas une seule fois. Vous ne me croyez pas ?

— Si… je vous crois. Mais votre vision de la réalité est aussi torsadée qu'une brioche de shabbat.

Il essaie de se radoucir, mais crache encore un peu, j'en rajoute un coup, il faut que je prenne la tangente ou je vais avoir droit à une salve de postillons.

— Quel luxe de pouvoir enfin dire la vérité sans être crue ! Vous croyez aussi peut-être que je n'ai pas de sœur jumelle, que je l'ai inventée ?

Saul explose à nouveau.

— Allons, allons, et puis quoi encore ? Un faux viol, une fausse sœur jumelle, et pourquoi pas une fausse tentative de suicide ? Cheyenne, si vous n'aviez pas autant d'humour, je vous soupçonnerais de faire des blagues.

— Saul, vous savez bien que s'il y a une chose qui me fait horreur, c'est le mensonge. D'ailleurs, que faites-vous ici ?

— Je voulais faire comme tout le monde, pour une fois, prendre des vacances, voir le soleil… Me reconnecter à la nature…

— La nature, c'est joli pour les dimanches et les pique-niques… Et vous voulez me faire croire que c'est moi qui tords la vérité ?

Saul éructe encore un chouia, crache un peu, et laisse la place à sa voix claire de vieux sage juif aux longues oreilles.

— Ce n'est pas ainsi que la vérité fonctionne, jeune fille. La vérité est à recomposer. La vérité s'écrit, s'éprouve dans un tissu qui nous échappe, à vous comme à moi. La matière de ce tissu est le mensonge. Tout est question de proportion. La vérité est un rythme. Pas un état. Comme le rythme de la mer. Il est fort possible qu'un jour, elle nous engloutisse tous. En attendant, il y a des vagues et des reflets, il y a même des êtres vivants qui naissent à l'intérieur. Le mensonge et la vérité ont engagé un combat millénaire qui ne peut se résoudre que dans la fiction. C'est le seul lieu de la loyauté. La garante du fair-play. Ailleurs, le combat est truqué. Chacun parie. Tout le monde triche.

— Vous m'avez tellement manqué, Saul.

Saul regarde ailleurs, gêné, se rongeant les ongles, ému. Ce pauvre Saul que je n'ai cessé de décevoir est encore à deux doigts de s'attendrir. Moi aussi je lui ai manqué, mais il ne le dira jamais. Après tout ce que je lui ai fait. Après avoir passé des heures à éviter le sujet : nous avions passé un *deal* à Paris et je ne l'avais pas respecté. Malgré mes promesses, je n'étais pas allée au bout du scénario. Je m'étais brouillée avec les équipes. Je n'avais pas été à la hauteur.

— La vérité, je vous l'ai promise au début et je vous la dois. Ce scénario, je…

Et avant de me lancer dans un *mea culpa* en bonne et due forme, avant que je puisse donner libre cours à mon amour de l'excuse, pardonnez-moi, je vous prie de bien vouloir m'excuser, pardon, je suis minable, pardon d'exister sous cette forme abjecte, pardon, vraiment, je suis confuse, désolée, navrée de vous décevoir… cet enfoiré me coupe :

— Ne vous inquiétez pas. C'est un bordel monstre. On n'avait pas vu ça depuis *Lost in La Mancha*. Des dépassements colossaux, l'Acteur en cure de désintoxication. Ce tournage va devenir d'autant plus célèbre que le film n'existera pas.

— Mais je pensais qu'avec toutes les images qu'ils avaient, ils parviendraient à un montage, quel qu'il soit…

— Rien du tout. Ça n'a ni queue ni tête. À moins de retourner les scènes avec Val Kilmer, ils n'ont rien.

— Kaya a beaucoup tourné pendant la débâcle.

— Eh bien, elle a peut-être une chance de devenir mythique. Dites-lui de monter ses images, elle deviendra célèbre. Et peut-être même riche.

— Kaya ne me parle plus. Je ne supporterai pas de vivre sans elle.

— Allons, allons, pas d'enfantillages. Vous allez vous réconcilier. Vous allez lui expliquer. Elle comprendra.

— Comment ?

— En écrivant un livre.

— Un quoi ?

— Ne faites pas l'idiote. C'est ce que je suis venu vous dire. Ils sont tous ruinés à Paris. Ils ne vous réclameront rien. Pas de souci pour votre réputation non plus. Ardoise blanche. Longjumeau se cache à l'hippodrome de Vincennes. Il veut réinverstir tout son argent dans les chevaux. Les producteurs américains, n'en parlons pas... Ils sont en procès avec tout le monde.

— Avec vous aussi ?

— Comme dit Lino Ventura dans *Le Deuxième Souffle* : « J'ai joué, j'ai perdu, c'est la faute à personne. »

— Perdu gros ?

— Ne vous inquiétez pas pour moi.

— Comment ça ?

— On m'a racheté l'agence.

— Quoi ?

— Une fortune.

— Et qu'est-ce que vous allez faire ?

— Ce que je sais faire. Des livres. Et on va commencer avec le vôtre. Votre petit récit, là, vous allez m'en faire un livre.

Là, j'ai carrément envie de pleurer. C'est qu'il s'obstine.

— Ah non ! Ce serait obscène.

— Le récit a cette puissance que toute douleur s'allège, toute douleur devient force. Les mots sont dieux.

— Amen.

— Vous pouvez faire la sarcastique. Mais pendant que vous vous dorez la pilule à Tahiti, le monde continue de tourner. J'ai monté la société *Les Éditions du Saule*. J'ai le logo, c'est joli comme tout. Un saule pleureur. On dirait un ogre qui se lave les cheveux dans un fleuve. De toute beauté. Et avouez que c'est un beau nom pour faire des livres.

Saul déclame en trempant ses pieds dans l'eau :

— Sur les bords des fleuves de Babylone, nous étions assis et nous pleurions, en nous souvenant de Sion / Aux saules de la contrée nous avions suspendu nos harpes. Psaume 137, ça ne vous dit rien ?

— Nous sommes assis au bord du Pacifique, Saul, et je vois très bien ce que vous essayez de faire. Me tirer vers un *happy end.* Mais je vais vous dire un truc, je ne crois pas aux fins heureuses.

— Ce n'est pas une fin, Cheyenne, c'est une renaissance. Vous savez, pour Henry James, il n'y a que deux sortes d'individus. Les *once born* et les *many times born.* D'un côté, ceux qui se veulent et se croient à jamais les mêmes, qui se flattent de n'être nés qu'une fois, qui s'enorgueillissent de leur identité, leurs croyances, leurs façons de vivre, de sentir, de penser. Et, de l'autre, ceux qui sans cesse se transforment, toujours prêts à embrasser une nouvelle idée, se retournant, devenant autre, trahissant ce qu'ils ont été et aimé, impatients qu'ils sont de profiter de leur unique vie pour se renier ou se réinventer. Je vous en conjure, ne vous méprenez pas sur le sens de cette histoire, ne soyez pas sinistre. C'est le moment de nous réinventer, Cheyenne. C'est le moment de renaître.

Saul tend sa main dans ma direction, tandis que sa voix s'éteint et que les derniers remous des jet-skis s'affolent à la surface de l'eau.

Générique de fin

L'auteur tient à remercier pour leur aide durant l'élaboration des dialogues : Marlon Brando (*Les chansons que m'apprenait ma mère*, Belfond, 1994), Tarita Teriipaia (*Marlon, mon amour, ma déchirure*, XO éditions, 2005), Lionel Duroy, Lawrence Grobel (*Conversations avec Marlon Brando*, Albin Michel, 1993) ; ainsi que François Forestier (*Un si beau monstre*, Albin Michel, 2012) et Florence Colombani (*Marlon Brando*, Cahiers du cinéma, 2013) ; et enfin Jacques Zimmer, Patrick Brion, François Guérif et Darwin Porter pour leur *Marlon Brando* respectif.

Marlon Brando a joué dans plus de quarante films, il a imité deux fois l'accent allemand, sa dernière contribution au cinéma est d'avoir prêté sa voix au personnage d'une vieille femme acariâtre dans le dessin animé *Big Bug Man*, il a joué dans trois westerns, a réalisé un film, il n'a pas donné son accord pour participer à celui qui vient de se dérouler.

L'Acteur prépare actuellement une adaptation de *Nostromo* de Joseph Conrad. Il nie toute implication dans les faits qui lui sont reprochés.

La Réalisateur dément avoir séjourné à Tahiti dans le cadre d'un tournage.

Les producteurs se refusent à tout commentaire.

Plusieurs procès sont en cours.

Scènes coupées

BUREAU DE SAUL, PARIS - INT. JOUR

Cheyenne pousse la porte du bureau, bien décidée à en découdre.

CHEYENNE

Saul, il faut que je vous…

SAUL

Ah, Cheyenne, vous tombez bien, je suis sur un coup pour vous, je…

CHEYENNE

Laissez-moi parler, Saul, je dois vous avouer…

SAUL

Abrégez, je suis en retard pour mon *shabbat blind date*.

CHEYENNE

Votre quoi ?

SAUL

Une nouvelle application de rencontre…

CHEYENNE

Taisez-vous, Saul, je suis venue vous dire que…

SAUL

(perdant patience)

Que…

CHEYENNE

Je vous aime.

SAUL

(exultant, la poussant hors de son bureau)

Vous êtes com-plè-te-ment frappée… Un bol de pois chiches harissa à la place du cerveau.

CHEYENNE

Mais…

SAUL

Sortez… Et ne revenez pas avant de vous être fait trépaner et enlever ce piment du crâne.

MAISON DE MARLON BRANDO - LOS ANGELES - INT. JOUR

Marlon a soixante-dix ans.
Il installe son énorme corps dans un fauteuil.
Son agent est assis face à lui.

AGENT

Ils proposent une fortune.

MARLON

Pour ?

AGENT

La MGM veut faire un film sur toi.

MARLON

(esquissant un sourire)

Sur moi ?

AGENT

Oui, toi… ta vie, tes films… la légende…

Marlon part dans un immense éclat de rire qui se transforme en toux, augmente, devient fou rire.

Le rire le plus noir d'Hollywood.

pca
cmb
édition pré-presse
livres numériques

44400 Rezé

Imprimé en France par CPI
en décembre 2016

Dépôt légal : janvier 2017
N° d'édition : 55712/01
N° d'impression : 137969